Le Grand Roy
d'effrayeur

À JoJo,

ma plus belle voisine
qui n'a jamais cessé de
m'encourager tout le long
de la rédaction...

Amitié sincère

François xxx

François Gratton
Le Grand Roy d'effrayeur
© 1992 Les Presses d'Amérique
Une division de l'Agence littéraire d'Amérique
234, boul. René Lévesques Est, Bureau 504
Montréal, (Québec), Canada   H2X 1N8
Tél: (514) 874-1953
Télec: (514) 874-1647

Conception de la page couverture: Biliana Kraptcheva

Composition et montage: Publi Innovation Enr.

Correction d'épreuves: Louise Chabalier

Distribution:

Québec-Livres
4435, boul. des Grandes Prairies
Saint-Léonard, (Québec), Canada H1R 1A5

Dépôt légal: 1er trimestre de 1993

ISBN 2-921378-24-8

FRANÇOIS GRATTON

Le Grand Roy
d'effrayeur

LES PRESSES D'AMERIQUE

*Un merci tout spécial à Francine Berardelli
pour son appui moral et technique.*

À mes parents

CHAPITRE 1

Été 1991

«Pourquoi ai-je décidé d'aller là-bas?» maugréait le lieutenant Joey Wulbeck au volant de sa rutilante Mustang décapotable, incontournable symbole de réussite.

«Je suis de retour depuis seulement trois jours et je n'ai pas encore eu le temps de trinquer avec mes amis et me voilà maintenant sur l'autoroute 87 en train de filer à toute allure vers un *ashram.* Belle façon de passer mon premier week-end de vacances», conclut-il pour lui-même.

Dire que trois jours auparavant, Joey Wulbeck ne connaissait même pas le mot *ashram.* Le lieutenant Joey Wulbeck, pilote d'avion de son métier, mêlé à la crise du golfe Persique, venait de passer neuf longs mois sur une base de l'armée américaine dans le désert saoudien. Il était très heureux de se retrouver enfin un mois en vacances auprès des siens dans sa ville natale de Montpelier au Vermont.

La première chose qu'il apprit lorsqu'il arriva chez ses parents, c'était que Robbie, son frère cadet, était parti dans un *ashram.*

— Un quoi? avait demandé Wulbeck à ses parents.

— Un *ashram.* C'est un genre de monastère où les gens se rassemblent pour méditer et faire du yoga, avait répondu son père.

Puis sa mère avait ajouté :

— Ton frère nous inquiète un peu. Il a commencé à lire des ouvrages sur les gourous et à méditer matin et soir. Et puis, il n'arrête pas de nous parler d'évolution, de *karma*, de *mantra*, de niveaux de conscience, de voyages astraux et j'en passe. C'est bien simple, il ne vit que pour cela...

Le flot de ses pensées fut interrompu lorsqu'il aperçut le panneau routier indiquant la sortie des Catskills, région touristique de l'État de New York où se trouvait l'*ashram*. Au même moment, une douce voix féminine susurrait les prévisions du temps à la radio : «Ensoleillé en matinée avec ennuagement progressif cet après-midi et en soirée, quatre-vingt-dix pour cent de probabilités d'averses accompagnées de vents violents».

«Ça a bien l'air que j'aurai même du très mauvais temps pour mon voyage du retour à la maison. Pourquoi ai-je décidé d'aller là-bas?» se répéta-t-il rageusement une fois de plus.

Joey Wulbeck était parti tôt ce matin-là en pensant bien que les chances de croiser un policier à cinq heures du matin étaient minces. Il en profita pour peser à fond sur l'accélérateur mais ce ne fut pas long qu'il trouva, imprimé dans son rétroviseur, l'image kaléidoscopique des gyrophares d'une voiture de police. Wulbeck grommela quelques jurons entre ses dents et rangea bien sagement sa voiture sur le bord de l'autoroute.

Tout en remettant les papiers d'usage au policier, Wulbeck lui expliqua qu'il était soldat et qu'il avait participé à l'opération «Tempête du Désert», en Irak. Espérant attirer la sympathie et l'admiration du policier, Joey pensait s'en sortir avec un avertissement, mais le policier ne broncha pas. Joey y alla d'une autre stratégie et cette fois, sur le ton de la confidence, il précisa que cela faisait longtemps qu'il n'avait pas conduit sa voiture sur l'autoroute et qu'il voulait décrasser le moteur. Mais son explication tomba dans l'oreille d'un policier sourd ou peu patriotique, ou encore trop zélé, puisque Wulbeck hérita d'une colossale contravention de deux cents dollars qu'il dut payer rubis sur l'ongle avec sa carte de crédit.

«Zut! J'ai oublié ma montre», constata-t-il.

Ce n'était pas bien grave puisque la radio digitale de sa voiture indiquait l'heure juste mais Wulbeck se sentait toujours mal à l'aise sans sa montre.

«Bordel! que la journée commence mal. Pourquoi diable ai-je décidé d'aller là-bas?» se dit-il encore une fois tout en regardant l'horloge sur son poste radio : cinq heures du matin.

Sa journée n'augurait rien de bon. Il s'était levé avec l'idée bien arrêtée de déguster de bons beignes accompagnés d'un café à son restaurant préféré de Montpelier mais il s'était buté à un écriteau : «FERMÉ POUR RÉNOVATIONS». Résigné, il fila à toute allure vers l'*ashram* pour prendre le petit déjeuner avec son frère Robbie, tous les autres restaurants de Montpelier étant, à coup sûr, fermés de si bonne heure.

Lorsqu'il apprit que son jeune frère était à l'*ashram*, il avait pris la nouvelle avec un grain de sel.

«Beaucoup de jeunes s'intéressent à ces choses-là» s'était-il dit.

Au collège, n'avait-il pas lui-même lu toutes sortes de livres ésotériques : les moines tibétains de Lobsang Rampa, le Triangle des Bermudes, les guérisons d'Edgar Cayce figuraient soudainement au palmarès de ses souvenirs. Cependant, son inquiétude monta lorsqu'il eut une conversation téléphonique avec Robbie. D'un ton sarcastique, Wulbeck avait dit à son jeune frère

— Dis donc, j'ai appris que tu allais vendre des fleurs aux coins des rues! As-tu le crâne rasé?

Robbie avait éclaté de rire et avait répondu :

— Voyons, n'écoute pas papa et maman. Non, je n'ai pas le crâne rasé et je ne me promène pas en robe écarlate, un point rouge sur le front, en chantant et en dansant. Je ne fais que méditer avec un gourou. Son nom est gourou Birdania. C'est un être exceptionnel qui a réalisé Dieu. Il faut absolument que tu le rencontres.

— Est-ce que tu médites toute la journée? avait demandé Wulbeck

— Non, je travaille aussi aux cuisines, avait répondu Robbie.

— Aux cuisines? Es-tu payé? avait questionné Wulbeck.

— Non, on appelle cela faire du *karma* yoga. On brûle du *karma* au service du gourou, c'est bon pour l'ego. En coupant des légumes, on récite un *mantra* dans le but de pratiquer l'esprit à se focaliser. Le soir venu, on se rassemble dans une grande salle où nous chantons des *mantras* en groupe. Dans l'âge de noirceur dans lequel nous vivons, c'est une technique très efficace pour brûler encore du *karma* et épurer l'univers de toutes ses fautes.

Wulbeck avait sursauté au son de ces dernières paroles. Il s'était vraiment demandé si son jeune frère n'était pas en train de se faire laver le cerveau par une autre de ces sectes poussant aux États-Unis comme des champignons et n'avait pu s'empêcher d'ajouter :

— Écoute Robbie, je dois t'avouer que tout cela m'inquiète terriblement. Tous ces mots bizarres, toutes ces activités spéciales, ça rime à quoi? On est pas mal loin du yoga de l'actrice Racquel Welch. Je sais, tu te dis que je ressemble à maman et papa en te disant cela, mais c'est plus fort que moi, cette fois, ton nouveau hobby m'inquiète vraiment.

Pour toute réponse, Robbie avait détaillé avec force et précision une journée à l'*ashram* et avait invité son frère aîné à venir le visiter, pour constater lui-même que cet endroit était tout ce qu'il y avait de plus normal. Wulbeck avait accepté au grand plaisir de ses parents. Son intuition l'avait poussé à dire oui, mais maintenant qu'il était en route, il se demandait encore pourquoi il avait accepté.

Malgré le délai causé par sa rencontre du troisième type avec le policier, Wulbeck arriva à destination plus tôt que prévu.

Avec les reflets du lever du soleil, l'*ashram* avait une teinte rosâtre et le bâtiment était plus imposant qu'il ne se l'était imaginé.

«C'est probablement un ancien hôtel», pensa-t-il.

À l'avant de l'*ashram*, il y avait une magnifique fontaine entourée des drapeaux de presque tous les pays de la terre qui flottaient au vent. Plusieurs statues de gourous et d'êtres mi-hommes, mi-bêtes ponctuaient les jardins. Tout cela conférait au lieu une atmosphère toute particulière.

«Sûrement des dieux hindous», pensa-t-il.

Joey Wulbeck dirigea sa Mustang vers le parking et fut étonné d'y voir un si grand nombre de voitures.

«Il doit y avoir au moins deux mille personnes ici», constata-t-il.

En regardant les diverses marques d'automobiles, il eut cette pensée sarcastique :

«Ici, on vole autant les riches que les pauvres».

Puis il ajouta :

«Puisque j'ai eu la gentillesse de le visiter, je me demande si le gourou accepterait de payer ma contravention.»

En examinant les plaques d'immatriculation, Wulbeck remarqua qu'il y avait des gens de partout : des quatre coins des États-Unis, du Mexique et du Canada. Il trouva une place pour garer sa voiture et put enfin libérer son long corps de sa petite voiture sport.

Wulbeck était assez costaud puisqu'il faisait près d'un mètre quatre-vingt-quinze et pesait plus de quatre-vingt-quinze kilos, tout en muscles. Avec ses cheveux blonds taillés en brosse et ses yeux bleu-gris perçants, il possédait la physionomie idéale pour incarner au cinéma le rôle d'un colonel nazi. Cependant, dans la vie courante, Wulbeck n'avait pas le sérieux de ces fanatiques de guerre allemands. Il était plutôt du genre à prendre la vie du bon côté. Quoique doté d'une intelligence vive, son manque de sérieux à l'école l'avait amené à joindre les rangs de l'armée de l'air où il avait embrassé une carrière de pilote. Il se sentait à l'aise dans ce monde militaire et ébauchait d'ores et déjà un plan de carrière soigné et une retraite bien méritée.

Après avoir mis sous clé son portefeuille dans le coffre à gants, Wulbeck sortit rapidement de sa voiture et se dirigea vers l'*ashram* d'un pas décidé. Plusieurs personnes pratiquaient le tai chi près de la bâtisse principale et Wulbeck pensa avec dérision :

«Avec leur danse de mauviette, ils ne feraient pas long feu en combat corps à corps avec un marine.»

Ces dernières pensées dénotaient que Wulbeck était d'une humeur massacrante et qu'il n'avait certes pas encore digéré sa contravention. Toujours absorbé dans ses pensées noires et distrait par le spectacle d'art martial, Wulbeck ne remarqua pas le panneau «DÉFENSE D'ENTRER» et se dirigea sans le savoir vers les quartiers privés du gourou. À l'instant où il tourna le coin, un énorme rottweiler poussa Wulbeck contre le mur avec ses pattes avant et se mit à le regarder fixement tout en grognant légèrement, comme s'il voulait dire : «Tu bouges d'un poil et je t'arrache le nez!»

Quelques instants plus tard, un airedale arriva en courant et en grognant trois fois plus fort que son compagnon. Il stoppa son museau à quatre centimètres de la fermeture éclair du pantalon en denim de Wulbeck et se mit à claquer des mâchoires comme s'il voulait faire de ce dernier le premier eunuque de l'*ashram*. À dire vrai, Wulbeck était terrifié. Des sueurs froides lui coulaient le long des tempes et il fut soulagé de voir apparaître, du coin de l'œil, une vieille dame qui rappela ses deux «gentils toutous» vers elle.

— Que voulez-vous? Vous n'avez pas le droit d'être ici, n'avez-vous pas vu le panneau là-bas? Déguerpissez! Vous pourriez déranger le gourou, lâcha-t-elle d'un ton sec et peu amical.

— Ex... excusez-moi, balbutia Wulbeck en marchant d'un pas rapide dans la direction opposée.

Cet incident avait attiré, malgré l'heure matinale, une petite foule qui semblait avoir trouvé la scène amusante. Jamais Wulbeck ne s'était senti si embarrassé; il se dépêcha de quitter les lieux. Finalement, il trouva l'entrée principale et s'assit dans ce qui fut jadis, sans doute, le lobby de l'hôtel. Son jeune frère Robbie lui avait donné rendez-vous à sept heures, mais il était à peine six heures. Ne sachant où aller, il n'avait rien d'autre à faire que d'observer les gens qui déambulaient dans le lobby, ce qui eut pour effet de le calmer un peu. La faune était très bigarrée : tous les genres et toutes les races y étaient représentés. Un dénominateur commun semblait toutefois se dessiner : la majorité des individus lui semblaient être du genre hippie ou intellectuel. Bref, ce n'était pas le genre de personnes que Wulbeck fréquentait. Ils se dirigeaient tous vers le même endroit et la plupart d'entre eux transportaient une petite couverture et un livre vert. Plusieurs personnes portaient une carte en épinglette avec des noms tels que «Rama», «Krishna» et «Arjuna». Brusquement, Wulbeck vit une scène qui le choqua : un trio de moines, tous enveloppés d'un sari rouge, défila solennellement dans le lobby. Les trois hommes au crâne rasé, point rouge au front, étaient de race blanche.

«Mais qu'est-ce que c'est que ça? des *krishnas*? Qu'est-ce que ces hurluberlus font ici? Robbie ne m'avait pourtant pas parlé de ça. J'espère que... oh!... si, en plus, je le vois arriver en robe écarlate et chauve, je l'assomme!» pensa Wulbeck.

Comme beaucoup d'Américains, la vue seule d'un *krishna* le hérissait. Il en voyait souvent dans les aéroports et, chaque fois, il avait prompte envie de leur mettre son pied au cul.

Puis, peu avant six heures trente, les haut-parleurs du plafond commencèrent à diffuser une musique monocorde et étrange, accompagnée de paroles à consonance indienne. Malgré toute cette mise en scène qui ne plaisait guère à Wulbeck, il ne put s'empêcher de trouver qu'il y avait quelque chose de «saint» en ces lieux. Il pouvait presque sentir la présence d'une autre dimension; c'était comme si une énergie nouvelle flottait dans l'air et à laquelle il ne savait comment réagir. était-ce l'odeur de l'encens? La musique? Son imagination? Il n'en savait rien et ses pensées furent soudainement interrompues lorsqu'il entendit la voix de Robbie

— Salut, Joey, comment vas-tu? Je suis bien content de te voir. Allons tout de suite à la salle de méditation. Accompagne-moi car je suis en retard pour chanter l'hymne au gourou, il ne reste que vingt minutes. Après, on se parlera...

Wulbeck n'eut pas le temps de placer un mot que déjà Robbie l'empoignait par le bras et le tirait vers un couloir.

— Relaxe, frérot, est-ce que l'on va te fouetter si tu es en retard? questionna Joey d'un ton moqueur.

— Non, mais je ne rate jamais ce chant. Ce ne sera pas très long. De toute façon, ça t'initiera un peu à la vie d'ici, répondit Robbie.

Joey était grandement soulagé de constater que Robbie ne s'était pas métamorphosé en moine puisqu'il portait un simple survêtement de jogging. Il remarqua que Robbie transportait, lui aussi, une couverture et un petit livre vert. Du doigt, il pointa ces deux objets et demanda :

— À quoi ça sert?

— C'est un livre de chant et cette couverture de laine, nous l'utilisons lorsque nous méditons ou lorsque nous chantons des mantras en groupe. La laine a la propriété de conserver l'énergie divine qui baigne en nous. Ainsi, en méditant toujours sur la même couverture, on augmente les effets bénéfiques de notre pratique, expliqua Robbi

«Wow! le yoga n'est plus une simple activité cérébrale, c'est devenu une science compliquée!» pensa Wulbeck sarcastiquement.

Joey remarqua que Robbie avait aussi une petite carte en épinglette. Celle-ci disait «Anal». Il ne put s'empêcher de sourire et demanda :

— Pourquoi portes-tu l'inscription «trou-du-cul» sur toi? Aurais-tu péché, par hasard?

Robbie eut un sourire gêné et répondit :

— Je me suis fait taquiner beaucoup avec ce nom. C'est écrit en sanskrit et «Anal» veut dire «Feu Divin». C'est un nom spirituel, c'est tout. Lorsqu'on rencontre le gourou, c'est une renaissance, puisqu'on s'éveille à la spiritualité. Pour symboliser cette deuxième vie, on demande alors un nom spirituel au gourou dans la ligne du *darshan*.

— La ligne de quoi? questionna Wulbeck.

— Le *darshan* est le moment où l'on peut rencontrer le gourou. Habituellement, c'est après la méditation. On se met en ligne et on se prosterne un à un devant le gourou. Parfois, les gens profitent même de l'occasion pour lui poser des questions, expliqua Robbie.

Robbie se tut et ils continuèrent à marcher en silence dans ce long corridor. À mesure qu'ils avançaient, les chants et la musique se faisaient entendre de plus en plus fort. Ils rangèrent leurs souliers dans des casiers réservés à cet effet. En pied de bas, Joey s'aperçut que ses deux chaussettes étaient trouées aux gros orteils. Le rose de ses deux gros orteils contrastaient ridiculement avec le bleu marine de ses chaussettes. En voyant cela, Robbie s'esclaffa et Wulbeck ricana par gêne et aussi un peu par découragement. Ensuite, ils pénétrèrent côte à côte dans une grande salle au plafond très haut. Une forte odeur d'encens se dégageait de la pièce. La lumière était tamisée, sauf sur un mur où un spot éclairait l'image gigantesque d'un Indien assis dans la position du lotus. En dessous de l'image, une douzaine de bonzes formaient un demi-cercle autour d'un gros fauteuil d'osier vide. Par son emplacement et son imposante dimension, Wulbeck en déduisit que c'était le «trône» du gourou. Il y avait au moins mille personnes dans cette salle, les femmes étaient d'un côté, les hommes de l'autre. Tous étaient assis par terre et récitaient des paroles dans une langue étrange, au son d'une musique monotone.

À l'entrée de la salle, Robbie prit un livre et le donna à son frère aîné, en lui chuchotant :

— Tu n'es pas obligé de chanter. Assieds-toi et écoute la musique. Si tu veux chanter, prends ce livre. C'est du sanskrit mais c'est traduit dans notre alphabet, par son phonétique.

Joey Wulbeck n'avait pas saisi le sens de ces mots. Il suivit son frère et ils se joignirent aux autres hommes en s'assoyant par terre. À ce moment précis, Wulbeck se demanda ce qu'il pouvait bien faire là parmi ces gens, si tôt le matin, convaincu que ce tas d'idiots ne comprenaient rien à ce qu'ils chantaient. Après vingt minutes de cette musique, Wulbeck commençait à se sentir anxieux, comme s'il était coincé dans un placard. Durant les cinq dernières minutes, il changea de position plusieurs fois. Assis comme un chef amérindien, la jambe droite devant et la gauche repliée, les bras croisés ou bien tendus, de nouveau assis en «indien», la jambe gauche devant et la droite repliée, les bras... aucune position ne faisait l'affaire. Il avait mal partout. Comme l'angoisse augmentait de plus en plus il se pencha et murmura à l'oreille de Robbie :

— Excuse-moi, je suis vraiment inconfortable, je vais t'attendre à la sortie de la salle.

Wulbeck se leva et tituba jusqu'à la sortie. Il se sentait comme un nageur en difficulté remontant à la surface de l'eau, en quête d'oxygène. Il s'assit sur une chaise et se sentit beaucoup mieux.

«Décidément, ce n'est pas mon jour de chance! Souffrirais-je d'agoraphobie?» s'inquiéta-t-il.

Quelques instants plus tard, Robbie vint le rejoindre et dit:

— Je m'inquiétais, est-ce que tout va bien?

— Heu... oui, jeta Wulbeck.

— J'espère que ce n'était pas trop pénible pour toi? fit Robbie.

— Heu... non, pas du tout, répondit Wulbeck en mentant maladroitement. Je me suis senti faible, parce que j'ai l'estomac vide. Je n'ai pas eu le temps de déjeuner ce matin.

— Écoute, c'est mon erreur. Je n'aurais pas dû t'emmener au chant du matin à ta première visite à l'*ashram*. Viens te mettre en ligne pour le petit déjeuner, on va pouvoir parler et rattraper le temps perdu, ajouta Robbie.

Les deux frères attendirent une quinzaine de minutes avant qu'on ouvre les portes de la cafétéria. En regardant les deux sortes de bouillies offertes au comptoir, cela ne faisait que confirmer ce que Wulbeck savait déjà : la journée allait de mal en pis!

— Qu'est-ce que c'est que ça? demanda Joey, avec dédain.

— C'est du gruau et ceci est une céréale aux oignons.

— Aux oignons? Pouah! Non merci, fit Joey brusquement.

Joey Wulbeck se contenta du gruau qui n'était pas si mal, malgré tout. En plus de sa céréale d'avoine, il eut droit à une pomme ainsi qu'à du thé indien parfumé à la cardamome et à la cannelle qui le surprit agréablement.

Les deux frères avaient beaucoup de choses à se raconter. Wulbeck parla de ses aventures dangereuses et excitantes comme pilote d'avion pendant la guerre contre l'Irak. La vie dans le désert, les bombardements, le stress, la peur d'être abattu, la peur d'être capturé..., tout y passa.

De son côté, Robbie parla de yoga et de son éveil à la spiritualité. Il parut à Wulbeck que son jeune frère parlait trop de yoga, comme s'il cherchait à se convaincre lui-même des bienfaits du yoga. Toutefois, à la lumière de leurs échanges tendres et fraternels, Joey savait maintenant qu'il était venu à l'*ashram* parce qu'il aimait son frère et qu'il s'inquiétait à son sujet. Robbie n'avait que dix-neuf ans et Joey ne voulait pas qu'il s'endoctrine dans n'importe laquelle de ces sectes et délaisse ses études. Contrairement à son frère aîné, Robbie était un étudiant sérieux. Il en était à sa première année de médecine et était sûrement destiné à une très belle carrière. Le fait que Robbie s'adonnait au yoga ne surprenait nullement Joey. Son frère faisait partie de ces intellectuels spéciaux, bourrés d'imagination, capables de faire avancer la science.

Après que Robbie eut donné les mille et une raisons de pratiquer le yoga sous la tutelle d'un gourou, il demanda à son frère aîné ce qu'il en pensait. Joey sut que son frérot demandait subtilement conseil mais comme il ne savait trop quoi penser de ce yoga, il se contenta de répondre :

— Si le yoga n'influence pas tes études, je n'ai rien contre.

Robbie, voulant le rassurer, répliqua

— Ne t'inquiète pas. Mon gourou dit que la vie se vit à deux cents pour cent, c'est-à-dire cent pour cent dans le monde spirituel et cent pour cent dans le monde matériel. Il faut faire avec les deux et ne jamais combattre sa destinée. Rien ne sert de se raser le crâne ou de se cacher dans une grotte si nous avons encore des choses à apprendre de la vie matérielle.

— Alors, interrompit Joey, pourquoi retrouve-t-on des «krishnas» ici?

— Ce ne sont pas des *krishnas* mais des moines qui vivent avec le gourou, rectifia Robbie. Il y a très peu de moines dans notre yoga et c'est même très rare. Ces élus n'ont plus de désirs matériels. Il ne leur reste qu'à évoluer sur le plan spirituel. Ces personnes sont près du but ultime, c'est-à-dire de réaliser la notion de Dieu. Je les envie un peu mais ce n'est pas ma destinée, sinon, tu m'aurais retrouvé en moine, ce matin.

«Et je t'aurais mis K.-O.!» pensa Wulbeck aussitôt.

— Tu vois, continua Robbie, c'est à chacun de trouver sa voie. Moi, je veux faire une carrière, me marier, avoir des enfants, mais je ne veux pas vivre ma vie entière sans m'être jamais posé de questions sur le sens de la création. Comprends-tu?

— Oui, je crois que je saisis ce que tu essaies de me dire, mais le yoga, ce n'est pas vraiment pour moi. J'espère que tu n'es pas trop déçu, fit Wulbeck.

— Non, ne crains rien. De toutes manières, il va y avoir un moment dans une de tes vies où ta situation physique ne te laissera aucun autre choix que de te tourner vers Dieu, jeta Robbie.

— Qu'est-ce que tu essaies de me dire? interrogea Wulbeck.

— Simplement que, peut-être un jour, le monde matériel ne t'apportera plus aucune satisfaction et que tu te tourneras vers Dieu, répondit Robbie.

Wulbeck sourit et lança :

— J'ai toujours pensé qu'on avait une seule vie à vivre. Tu sais, les grandes questions religieuses n'ont jamais été une de mes priorités. À vrai dire, ça ne m'est jamais venu à l'esprit.

Robbie reprit d'un ton moqueur :

— Attention! Ne fais pas comme la majorité des gens, c'est-à-dire naître, manger, boire, dormir, procréer et finalement mourir! De toute façon, la graine est à jamais semée dans ton subconscient.

— Qu'insinues-tu? demanda Wulbeck.

Robbie fit d'un air sérieux :

— Simplement que tu as pris conscience de choses extraordinaires ce matin en entendant parler du gourou et de yoga. Tout ce je t'ai dit aujourd'hui germera dans ton esprit. Tu ne peux plus retourner en arrière.

Arborant un sourire en coin, Joey rétorqua avec ironie :

— Tu penses que je ne peux plus retourner en arrière? Laisse-moi te dire que personne ne me retiendra ici puisque tu t'en vas travailler aux cuisines et que moi, je retourne à Montpelier.

— Attends! Je ne vais aux cuisines qu'à onze heures. Viens, allons écouter le gourou et méditer. Ensuite, tu auras la chance de te mettre en ligne et de te... te prosterner devant le gourou. Tu sais, une rencontre avec le gourou est une chance rare dans l'univers. Alors, ne la rate pas! conseilla Robbie.

Wulbeck regarda au plafond, poussa un soupir et dit :

— D'accord, mais c'est seulement pour te faire plaisir.

Puis il ajouta d'un ton plus sérieux :

— Es-tu certain que ton gourou est un vrai gourou? Il y a eu tellement de scandales dernièrement; rappelle-toi de cette histoire d'évangélistes qui ont commis des fraudes ou qui ont été surpris avec des prostituées. J'ai lu récemment qu'il y avait une secte semblable à la tienne qui construisait des abris nucléaires dans le sud afin de pouvoir régner advenant la fin du monde. J'ai aussi entendu parler d'un autre gourou qui possède une vingtaine de Rolls-Royce et dont l'enseignement est basé sur le sexe et les plaisirs de la vie.

Robbie coupa son frère et précisa :

— Premièrement, ce n'est pas une secte. Deuxièmement, il n'y a pas de scandale de ce genre ici. Il y a même des vedettes d'Hollywood qui viennent rencontrer mon gourou.

— Les stars ne sont pas nécessairement de bonnes références, fit remarquer Joey.

À cette dernière remarque, Robbie ne sut quoi répondre et laissa tomber :

— Suis-moi, c'est le temps de se diriger vers la salle de méditation. Le gourou donnera une petite conférence et ensuite viendra une séance de méditation d'environ trente minutes. Cependant, je dois te prévenir que pendant la méditation, il est possible que tu entendes des individus hurler, pleurer ou avoir des respirations haletantes. Il y en a même qui sont accablés de soubresauts. Ne t'en fais pas, ce sont des personnes qui expérimentent des *Krias*. Les *Krias* sont des libérations de tensions émotionnelles ou physiques indiquant que nous brûlons le *karma*. En fait, chaque fois que nous méditons, nous éliminons du *karma*, que nous subissions des *Krias* ou non. Puis, ce sera la ligne du *darshan* où tu rencontreras enfin le gourou Birdania.

Sourire en coin, Wulbeck suivit son jeune frère en levant les yeux vers le ciel et se demanda, encore une fois ce qu'il faisait au milieu de cette bande d'hippies intello-ésotériques.

CHAPITRE 2

Ainsi, pendant une heure, Joey Wulbeck écouta le gourou Birdania. Le maître avait parlé d'amour et du contrôle de l'esprit. Puis il avait élaboré sur le *karma* et la destinée. Wulbeck avait écouté vaguement. Il avait de la difficulté à se concentrer sur ce que le gourou disait. Il était assis par terre et, comme plus tôt dans la matinée, il se sentait très inconfortable. Il n'était pas habitué à se tenir dans cette position; il se concentrait plus pour se trouver une posture confortable que pour écouter le vieux sage. De tout le discours du gourou, un point seulement avait retenu son attention : c'était lorsque le gourou parlait de Krishna, ce dieu indien qui aida un certain Arjuna à assumer son rôle de guerrier. Plus précisément, Krishna montra à Arjuna que, dans certaines circonstances, il devait être prêt à tuer jusqu'à sa propre famille, de mauvais cousins dans son cas, parce que c'était pour une bonne cause, en plus d'être son *dharma*, c'est-à-dire sa voie à suivre. Agissant ainsi, il recueillerait de bonnes actions ou, en d'autres termes, un bon *karma*.

Il trouvait cela curieux qu'une philosophie puisse mentionner qu'il était glorieux de se battre pour une bonne cause et même accepter l'idée de tuer. Bizarre! Il ne savait trop quoi penser. Pour un militaire de carrière comme lui, ces paroles avaient du sens.

Puis vint la méditation qui dura une demi-heure. La plus longue demi-heure de sa vie. Il avait fermé les yeux comme les autres et comme son frère le lui avait expliqué ce matin. Il avait tenté d'écouter et de se concentrer sur sa respiration, sur ce que le gourou appelait le *mantra* naturel. Il avait beaucoup de difficultés à se concentrer sur son souffle, tant il était inconfortable, assis sur son derrière. C'était plutôt l'anxiété qui l'assaillait depuis le début de cette méditation.

«Quel bienfait que cette méditation», pensa Wulbeck avec ironie.

Puis il se dit :

«Est-ce possible que des gens puissent s'asseoir pendant une demi-heure tous les jours pour écouter leur respiration? C'est probablement l'une des choses les plus stupides qu'il m'ait été demandé de faire depuis bien longtemps. Ouais, quelle bande de naïfs!»

Puis, Wulbeck entendit quelques pleurs et quelques cris dans la salle.

«Ah, ça doit être ces fameux *Krias*, pensa-t-il. Je les avais oubliés ceux-là.»

À ce moment précis, un homme assis en arrière de Wulbeck lâcha un cri de mort. Wulbeck sursauta et se retourna vivement pour apercevoir dans la pénombre un jeune maigrichon se mettre à respirer violemment.

«Tiens, celui-là semble possédé du démon, il va me vomir derrière la tête. S'il fait ça, je l'étrangle!... On dirait un zoo, quel théâtre. Ah! que les gens sont crédules! Je parie que ce business rapporte beaucoup... voyons voir... »

Et là, il se mit à calculer dans sa tête :

«Ça coûte environ vingt dollars par jour pour habiter ce «monastère à la gomme» et il y a près de deux mille personnes ici. Donc, ce maudit business rapporte quelque quarante mille dollars par jour! C'est scandaleux! Selon Robbie, ces «faux saints» sont ici depuis quatre mois, donc cent vingt jours. Voyons voir... cent fois quarante mille, ça fait... j'ajoute deux zéros... ça fait quatre millions! Depuis le printemps, ce cirque a rapporté plus de quatre millions de dollars! Mais c'est du vol! En plus, ils font travailler les gens bénévolement sous prétexte qu'ils brûlent du *karma*. Hum! je pense plutôt que ça remplit leur compte de banque! Une fois qu'ils auront vidé leurs poches, j'imagine qu'ils leur serviront une soupe à la «Jonestown»! Il faut absolument que je parle à Robbie, que je le sorte de ce cirque.»

Wulbeck ne méditait plus. Il n'était qu'un volcan de pensées négatives, prêt à entrer en éruption. La respiration haletante et le cœur battant à toute vitesse, il avait le goût de crier tant il était anxieux.

«Il faut que je sorte d'ici. Non, calme-toi, arrête de penser à cette fichue secte. Pense à autre chose... à quelque chose d'agréable. Oublie ce maudit gourou.»

Prenant de grandes respirations pour récupérer son souffle et se calmer, Wulbeck pensa à ses vieux copains qu'il reverrait ce soir. Il se dit que tous ensemble, ils devraient se diriger vers Montréal pour assister à un bon match de base-ball au Stade Olympique.

«Je vais dîner aux hot-dogs et à la bière, puis, après le match, on ira au Super-Ultra-Sexe.»

Le Super-Ultra-Sexe, comme son nom le suggère, est le club de danseuses nues le plus huppé de Montréal. Wulbeck n'y était allé qu'une seule fois mais jamais il n'avait vu d'aussi jolies filles, nues par surcroît, réunies sous un même toit. Pour Wulbeck et ses amis, c'était comme si les filles des pages centrales du magazine *Playboy* s'étaient matérialisées sous leurs yeux. À cette dernière pensée, Wulbeck fit un grand sourire qui en disait long. Dans la salle, s'il y avait eu quelqu'un pour l'observer, ce dernier aurait pensé que Wulbeck était en train d'expérimenter le nirvana, mais la réalité était tout autre. Il revoyait plutôt dans sa tête la scène où il avait invité une des déesses à danser à sa table pour cinq beaux dollars. Après avoir surmonté sa gêne, à l'aide de quelques bières, Wulbeck avait porté son choix sur une petite brunette aux yeux pétillants, du nom de Raphaëlle. Dès qu'une nouvelle chanson s'était mise à tourner, elle était montée sur son tabouret et avait commencé sa danse érotique. À l'aide de mouvements fluides et gracieux, Raphaëlle s'était mise à se dandiner sur place en se caressant tout en se penchant, se relevant et se retournant pour bien montrer toutes les facettes de son corps de Vénus. Ainsi, tout en se passant la langue sur les lèvres, elle s'était accroupie en gardant ses jambes écartées et, de ses beaux yeux rieurs, elle avait invité Wulbeck à contempler son pubis, entièrement rasé. Parfois, elle se retournait, puis se penchait pour caresser ses chevilles et ainsi, Wulbeck avait pu admirer le tout sous un autre angle. En cinq minutes, Raphaëlle avait pris une multitude de positions toutes aussi érotiques les unes que les autres et jamais Wulbeck n'avait connu une si forte érection, sauf qu'à ce moment précis, assis par terre au milieu de mille personnes, l'expérience se répétait. Wulbeck expérimentait la plus formidable et la plus étrange érection qu'il n'ait jamais ressentie. Sa bourse se resserra sur ses testicules sensibles et son pénis devint tout engourdi. Wulbeck tenta de se débarrasser de l'image de la belle Raphaëlle nue, mais il était trop tard; il éjacula! Tout en sueur, abasourdi, Wulbeck ne pouvait croire à ce qui venait de lui arriver :

«Quelle journée épouvantable!»

De sa main droite, il tâta son pantalon et sentit qu'il y avait une tache mouillée de la grosseur d'une pièce de vingt-cinq cents. Après que ses yeux se furent habitués à la pénombre, il fut soulagé de voir que personne à proximité ne s'était aperçu de sa mésaventure. Wulbeck regarda le gourou et ce fut le choc! Le vieil homme le fixait et souriait de toutes ses dents encore plus éclatantes sous cette lumière tamisée. C'est à ce moment précis que Wulbeck émit l'hypothèse suivante :

«Serait-ce possible que le gourou soit le grand responsable de ce qui vient de se passer? Na! Impossible...»

Soudain, une musique qui annonçait la fin de la période de méditation se fit entendre, détournant du même coup Wulbeck de son processus de pensée. Les lumières s'allumèrent et les gens se levèrent pour former une grande lignée devant le gourou.

Wulbeck contempla son pantalon et se réjouit à l'idée que la tache ne s'était pas agrandie et qu'il pourrait la dissimuler en gardant les mains croisées devant son sexe.

— C'est la ligne du *darshan*, dit Robbie. Viens, ce sera ta chance de rencontrer le gourou.

Pour ne pas déplaire à son frère, Wulbeck se plaça dans la ligne de *darshan*. Tout à coup, une jeune et jolie demoiselle se faufila dans la ligne et Robbie l'accueillit avec un beau sourire de jeune premier.

— Joey, je te présente Chantal-Louise; elle est de Montréal, dit Robbie.

Wulbeck se retourna et posa son regard sur la belle brunette qui s'adressa à lui avec un joli accent français :

— Ça me fait plaisir de te rencontrer; ton frère m'a beaucoup parlé de toi. Comme ça, tu reviens de la guerre, hein?

— Oui, répondit Wulbeck laconiquement.

— L'*ashram* va te faire du bien, poursuivit-elle, ça va te «dé-stresser», tu ne verras pas beaucoup d'action ici.

Puis elle se retourna et commença à parler avec Robbie. De la façon dont ils se regardaient, ces deux-là étaient en amour, c'était évident!

«Tiens! Tiens! je commence à comprendre pourquoi l'*ashram* attire tant Robbie. Il ne m'avait jamais mentionné qu'une beauté québécoise faisait partie de son développement spirituel», pensa Wulbeck avec amusement.

Il se retourna et laissa les deux tourtereaux roucoulés à l'arrière.

Robbie adorait Chantal-Louise. À chaque fois qu'il la regardait, son cœur faisait un raté comme si une bulle d'air gonflait son cœur.

Chantal-Louise était fille de médecin et était venue à l'*ashram* avec ses parents, des fidèles disciples du gourou. Tout comme Robbie, elle était étudiante à l'université et voulait devenir notaire. Elle possédait tout pour plaire à un homme; elle était belle, riche, sophistiquée et parlait la langue de Shakespeare avec un léger accent français qui rendait Robbie fou.

Pendant toute la durée de la ligne de *darshan*, Robbie oublia son frère Joey complètement. Il n'avait d'yeux que pour sa belle.

Wulbeck trouvait, quant à lui, que la ligne du *darshan* n'avançait pas assez vite. Il était à peu près la cinq centième personne en ligne, et à ce rythme il en avait encore pour une demi-heure. Mais le temps est relatif et trente minutes peuvent vous paraître une éternité lorsqu'un liquide chaud vous chatouille les couilles et vous coule entre les jambes.

Sans trop savoir pourquoi, Wulbeck devint plus qu'impatient. Il commençait à ne plus tenir en place et à se sentir intolérant, maudissant encore une fois l'idée d'être venu à l'*ashram*.

«Je n'ai rien à foutre de ce gourou. Il va avoir ma façon de penser. Je vais lui dire qu'il s'occupe de son Inde débile avant de vouloir donner des leçons de savoir-vivre à l'Amérique. Je vais aussi lui dire que son gros show me fait chier et que malgré tout, il doit bien aimer l'Amérique parce que c'est plein de gens crédules, prêts à payer le gros prix pour une place au ciel.»

Des pensées de ce genre, Wulbeck en eut pendant toute l'attente. L'anxiété dont il fut pris le matin-même remontait à nouveau. Plus il approchait du gourou, plus il se sentait prêt à exploser. Soudain, il se mit à fixer le gourou. Le vieil homme était là, dans cette chaise en osier, souriant devant chaque personne qui se prosternait à ses pieds. Wulbeck avait du mal à regarder la robe rouge-orange du gourou. Ses yeux ne pouvaient fixer la robe puisqu'il lui semblait que sa couleur dansait, ou plutôt vacillait telle la flamme d'une chandelle. Ses yeux se posèrent donc sur le visage du gourou. Un visage rond avec de grands yeux noisette. Tout le front du gourou était maquillé de blanc et au milieu, près des yeux, il y avait ce petit point rouge qu'il avait vu si souvent chez les femmes indiennes. Maintenant, ce point rouge sur fond blanc lui faisait penser à une cible.

«Quelle belle cible, je parie que mon poing se plairait à y atterrir», pensa hargneusement Wulbeck.

À mesure qu'il approchait du gourou, l'idée de frapper le gourou l'obsédait de plus en plus. Maintenant, Wulbeck n'était qu'à un mètre du gourou, seul devant lui, face à face. Il avait la nette impression d'être seul avec le maître dans cette immense salle où le temps semblait s'être arrêté. Au lieu de se prosterner comme toutes les autres personnes, Wulbeck resta debout quelques secondes à contempler le front du gourou. Il songea à son poing... et au point rouge. Il se dit alors :

«Mon Jim Bakker au curry, tu vas y goûter... »

La suite se fit comme au ralenti... il s'élança. Soudain le visage colérique du gourou prit des proportions immenses et pourtant, jamais il n'avait vu tant d'amour dans un regard. C'était comme une mère prenant un air fâché lorsqu'elle dispute son enfant; malgré son expression colérique, on peut toujours apercevoir l'amour et la tendresse dans son regard. Même si le cœur n'y est pas toujours, la mère sait bien qu'elle n'a pas le choix et qu'elle doit reprendre l'enfant pour son bien. Ce regard doux fut donc la dernière image que Wulbeck vit avant de se sentir bousculer par une onde de choc. Alors l'existence entière de Wulbeck se mit à défiler devant ses yeux à reculons et ce, à une vitesse vertigineuse : l'arrivée à l'*ashram*... une attaque en piqué avec son F-18... sa graduation au *High School*... sa première bicyclette... ses premiers pas... le visage masqué de l'obstétricien... le doux confort de la matrice... et ce fut le néant.

CHAPITRE 3

Robbie arriva devant le gourou, se prosterna et sortit du hall en compagnie de Chantal-Louise. Soudainement, il se souvint de son frère. Il le chercha pendant plusieurs minutes dans l'*ashram* et fouilla même le stationnement; il ne pouvait l'apercevoir nulle part. Il se sentit mal à l'aise d'avoir négligé son frère et espéra que celui-ci n'était pas parti offusqué. Il se dit pourtant qu'il n'était pas dans les habitudes de Joey de partir sans dire au revoir. De toute façon, Robbie reverrait Joey dans deux semaines et serait en mesure de s'expliquer avec lui. Sur cette pensée, Robbie abandonna ses recherches et retourna à ses tâches quotidiennes.

*

Je ouvrit les yeux. *Je* était bien. *Je* était *Un*. *Je* était tout et rien en même temps. *Je* était éternel et n'avait jamais eu de début. *Je* pense, donc je suis... *Je* ?... qui? Je me sens bien dans le ventre de ma mère... le visage de ma mère... le visage de mon père... mes premiers pas... je suis Joey Wulbeck... mon jeune frère... mon premier jour à la maternelle... mon premier amour... mon premier orgasme... mon premier jour à l'académie... mon premier missile envoyé sur de vrais humains... mon premier gourou... une lumière?... un tunnel?... Mais qu'est-ce que je fais ici?

Cette dernière pensée eut pour effet de catapulter Wulbeck en avant à une très grande vitesse vers la lumière au bout du tunnel. Une fois tout au fond, Wulbeck se sentit freiné par une onde de choc qui lui fit faire un double saut périlleux et splash!, il atterrit sur le dos, dans quelque chose d'humide et puant.

Regardant au ciel, Wulbeck resta étendu, sans bouger, tel un zombi. Reprenant tranquillement l'usage de ses sens, il se redressa sur ses mains et resta assis un moment à contempler le paysage autour de lui. Il était dans une soue à cochon nauséabonde, sur une ferme domaniale, puisque, non loin de là, il apercevait une immense villa possédant une architecture aux lignes très simples. Les murs semblaient être de marbre jaspé de rouge, brun et or.

«Le propriétaire de cette ferme doit être très riche», pensa Wulbeck.

Wulbeck se releva péniblement, donna un coup de pied au petit cochon tout affolé qui grognait et courait autour de lui et marcha tant bien que mal hors de l'enclos. Dès qu'il eut franchi la clôture, un homme, probablement alerté par la commotion causée par le porc, sortit d'une cabane non loin de là. L'homme cria quelques mots incompréhensibles et retourna brusquement à l'intérieur de la cabane.

«C'est possiblement un des employés de la ferme», pensa Wulbeck.

Wulbeck voulut parler à cet homme et courut vers la cabane. L'homme ressortit en vociférant et en tenant un bâton métallique comportant des témoins lumineux. Wulbeck comprit que ça ne pouvait être qu'une arme et il ne prit aucune chance. Du revers de la main, il repoussa l'étrange instrument et assena un coup de poing qui mit le vieil homme complètement K.-O. Même sans souliers, Wulbeck prit ses jambes à son cou et fila dans le champ en direction d'une petite forêt qu'il aperçut à l'horizon.

À mesure qu'il courait, Wulbeck se calma un peu. De temps en temps, il regardait en arrière mais personne ne le poursuivait. Cela prit environ deux minutes à Wulbeck pour traverser la plaine et, une fois dans la forêt, il s'adossa à un arbre pour reprendre son souffle et pour remettre un peu d'ordre dans la bouillie informe qui s'agitait dans son crâne :

«Où suis-je? Pourquoi suis-je ici? Qu'ai-je fait ce matin? Ai-je quitté l'Arabie Saoudite? Suis-je en mission secrète?»

Voilà quelques-unes des énigmes que le cerveau amnésique de Wulbeck essayait de résoudre simultanément. À mesure que son rythme respiratoire ralentissait, Wulbeck se calma un peu et se laissa choir au pied de l'arbre en laissant glisser son dos le long de l'écorce. Wulbeck se pinça pour être sûr qu'il ne rêvait pas et se dit :

«Ouch! Je ne rêve pas, je suis sûr que je ne rêve pas. Ah! oui! l'*ashram*, le gourou, Robbie. Mais nom de Dieu, qu'est-ce que je fais ici? Je devrais être à l'*ashram*. Oh! oui! la ligne du *darshan*, je voulais frapper le gourou, j'étais devenu incontrôlable. Pourquoi ai-je voulu faire une chose aussi idiote? Ai-je réussi? Ai-je frappé le gourou?»

Wulbeck réfléchit un peu et songea le plus sérieusement du monde :

«J'ai fait l'inimaginable. J'ai frappé un vieux gourou sans défense et... cela n'explique toujours pas ce que je fais ici. À moins que je ne sois devenu fou! Schizophrène? ça y est, en ce moment, je suis dans une chambre matelassée où une dizaine de psychiatres m'observent derrière un miroir en prenant des notes.»

Wulbeck s'arrêta, observa les alentours et continua en silence :

37

«Non, tout est trop réel. Il doit y avoir une explication.»

Ses pensées furent coupées net par le vrombissement doux et régulier d'un appareil qui survola rapidement Wulbeck. C'était bien un hélicoptère mais jamais il n'avait vu un modèle de ce genre.

«C'est sûrement le vieil homme de la ferme qui a alerté les autorités. On me recherche. Ils sont drôlement efficaces dans ce coin. La police dépêche un hélicoptère pour un simple cas de voie de fait. Allons, je ne dois pas rester ici, je ferais mieux de marcher dans la forêt», pensa-t-il.

Wulbeck était maintenant plus calme. Il progressait d'un pas rapide, les sens à l'affût de tout danger. Depuis qu'il était arrivé à cet endroit de «je ne sais quelle façon», il sentait que quelque chose clochait. En ce moment, il marchait dans un bois différent; les cris d'oiseaux lui étaient peu familiers. était-il dans le Mid-West américain? Il en doutait. Ce n'était sûrement pas la Nouvelle-Angleterre. Il n'était pas non plus dans un climat tropical. Le fait restait que tout était différent ici, même les couleurs. Le ciel avait une teinte plutôt turquoise. Maintenant qu'il y pensait, même la teinte rosée du cochon du fermier lui avait semblé bizarre. L'air paraissait plus pesant, sans vraiment être plus humide. Pour la première fois, Wulbeck commença à se douter qu'il n'était plus en sol américain.

«Mais où? Pourtant, j'ai beaucoup voyagé, rien ici ne me rappelle un coin de la Terre. On dirait que je suis sur une autre planète!... Non, impossible..., les films de science-fiction, c'est l'affaire d'Hollywood», conclut-il en silence.

Avait-il été drogué et emmené dans un autre pays? Il en doutait. Ce matin, il avait mangé à la cafétéria comme tout le monde et personne ne s'était approché de sa nourriture. De plus, qui aurait pu penser qu'il voulait frapper le gourou... lui-même l'ignorait.

«Il faut que je trouve une ville. À partir de là, je serai en mesure d'obtenir des réponses à mes questions», décida-t-il.

Il ne prit que cinq minutes pour traverser cette petite forêt et fut content d'apercevoir un village à l'horizon. Comme l'hélicoptère ne donnait plus signe de sa présence, cela rassura Wulbeck et l'encouragea du même coup à faire un petit tour au village.

Wulbeck estima qu'il était arrivé dans cet endroit il y avait environ dix minutes et, en examinant l'ascension du soleil vers son zénith, il sut qu'il était encore très tôt dans la journée. Beaucoup plus tôt que onze heures et quart, heure fatidique à laquelle il s'était présenté devant le gourou. Cet écart dans l'heure le tracassait mais pas autant que l'absence totale de souvenance entre son désir de frapper le gourou et son réveil dans la soue à cochon. Maintenant qu'il analysait le situation, il était sûr d'une chose : il était devenu amnésique. Mais que s'était-il donc passé depuis qu'il avait quitté l'*ashram*? Où était-il allé? Qu'avait-il fait? Combien de temps s'était-il écoulé? Puis il eut une pensée pour ses parents en espérant que ceux-ci n'étaient pas trop soucieux de ne pas voir leur fils rentrer au bercail. Sachant que sa mère et son père s'étaient beaucoup inquiétés pour lui pendant la guerre du golfe Persique, il s'était dit que ses parents n'avaient surtout pas besoin, en ce moment, d'un fils amnésique perdu quelque part sur la planète.

Wulbeck arriva aux abords du village, ou plutôt de ce bled puisqu'il avait en face de lui une agglomération de vieilles maisons. Au milieu de cette plaine, il avait l'impression d'être un cow-boy errant faisant son entrée dans une ville fantôme qui semblait être sortie tout droit d'un vieux western-spaghetti, n'eût été de ces dômes en papier aluminium recouvrant chaque maison. Cependant, une fois dans la rue centrale, il se retrouva en présence d'acteurs très différents : au lieu d'y retrouver une population normale, il ne vit que des personnes du troisième âge, la majorité de sexe masculin. Tout le monde s'arrêta de marcher pour regarder Wulbeck comme s'il était un fantôme.

«Quel est cet endroit? Où suis-je? Quel est leur problème? On dirait qu'ils n'ont jamais vu quelqu'un couvert de boue et sans souliers», songea Wulbeck avec une ironie amère, loin d'être amusé par cette situation étrange et énigmatique.

Puisque les gens ne le lâchaient pas du regard, Wulbeck se sentit mal à l'aise et se demanda s'il n'avait pas fait une erreur en venant dans ce village.

«Si ça continue comme cela, j'ai l'impression qu'on va me lyncher avant longtemps», s'inquiéta-t-il.

Se sentant soudain très petit et bien seul au monde, Wulbeck eut pour réflexe de se diriger vers un endroit qui ne pouvait être que le saloon puisque les portes battantes étaient à claire-voie. Il les poussa à la hâte et se retrouva effectivement dans une sorte de bar-tripot sale et mal entretenu. Comme c'était la matinée, Wulbeck ne fut pas surpris de retrouver les lieux quasi-vides; seuls un barman et deux clients, tous les trois dans la soixantaine et de race noire, occupaient les lieux. Le barman était borgne et son unique œil s'agrandit lorsqu'il vit Wulbeck se présenter au bar. Au moment où Wulbeck s'assit au bar, les deux clients se retirèrent avec révérence dans un coin de la salle.

— Excusez-moi, je crois que je me suis perdu. Est-ce que je pourrais utiliser votre téléphone? fit Wulbeck en empruntant une voix des plus aimables.

Pour toute réponse, il ne reçut qu'une mimique étonnée qui démontrait que le barman n'avait rien compris.

— Est-ce que vous parlez anglais? demanda gentiment Wulbeck.

Le barman ne répondit pas mais s'empressa plutôt de servir un verre à Wulbeck.

— Êtes-vous sourd? demanda Wulbeck en haussant un peu la voix.

L'air effrayé, le barman recula d'un pas en sursautant.

— N'ayez pas peur, je ne vous veux aucun mal, fit Wulbeck en reprenant une voix douce.

C'est alors que le barman s'adressa à Wulbeck dans une langue étrange, un peu gutturale, et ce fut au tour de Wulbeck de hausser les épaules en écarquillant les yeux pour bien faire signe qu'il ne comprenait rien.

«Serait-ce de l'allemand? de l'afrikaans? Non, c'est différent. Il doit y avoir au moins une personne ici qui connaît un peu l'anglais», conclut Wulbeck en silence.

— Amérique, fit Wulbeck au barman.

— ...

— Joey Wulbeck, Américain, fit Wulbeck en se tapant légèrement la poitrine.

— ...

Ne recevant toujours aucune réponse, Wulbeck se leva, se dirigea vers le milieu de la salle et dit à l'auditoire composé des trois personnes :

— New York? Los Angeles?

— ...

— Puis Wulbeck entonna les premières lignes de l'hymne national américain. Comme Wulbeck ne recevait aucune réaction de la part des trois hommes qui le regardaient sans bouger, il se sentit soudain las et se demanda quand cette journée affreuse allait se terminer. Cette dernière pensée le fit sursauter. C'était comme si son subconscient admettait qu'il n'avait pas été amnésique très longtemps, malgré le fait qu'il semblait être très loin de chez lui. Le souvenir des incidents fâcheux à l'*ashram* était maintenant très clair dans sa tête comme s'ils n'étaient survenus que quelques heures auparavant.

Le barman alla s'asseoir avec les deux autres hommes qui tinrent un conciliabule qui laissa Wulbeck indifférent.

*

— Entrez, fit le commandant de la mine.
— Oui, mon commandant, que puis-je faire pour vous? demanda le capitaine.
— Il y a environ une heure, un homme de race blanche a tenté de voler un cochon sur le terrain du gouverneur. Il a assommé un employé et il a pris la fuite. Il y a quinze minutes, le même homme a été vu au saloon du premier village situé à l'ouest de la propriété du gouverneur. L'homme nous a été décrit comme étant de race blanche, assez costaud, les cheveux blonds. Ses vêtements sont tachés de boue et il ne porte pas de chaussures. Écoutez bien ça : il semblerait que cet homme bavarde avec volubilité dans un langage incompréhensible et qu'il ne comprend rien à ce qu'on lui dit. J'ai vérifié sur l'ordinateur; il ne manque personne dans les mines et aucun militaire n'a été rapporté disparu. De plus, dans un rayon de cent kilomètres, il n'y a aucun tatoué qui ne soit pas à sa place. Nous avons peut-être affaire à un cas isolé de folie. Prenez deux hommes avec vous et ramenez-moi cet hurluberlu. Si nous ne pouvons l'identifier, c'est qu'il appartient à ce continent pourri. S'il est capable de travailler, on l'utilisera, sinon on s'en débarrassera.

*

D'autres villageois rentraient maintenant dans le saloon où Wulbeck était maintenant devenu le centre d'attraction. Personne n'osait l'approcher et ils se tenaient tous debout près de la porte. Wulbeck observait les spectateurs et trouva encore curieux que la foule ne soit composée que de vieillards. Toutes les races y étaient représentées : jaunes, rouges, noires et blanches. Ces gens semblaient être dans une grande misère et avoir eu une vie très difficile. À preuve, beaucoup d'hommes souffraient d'incapacité physique et à leur regard on sentait que ces gens étaient vidés de toute énergie vitale. Certains semblaient souffrir de maladies du foie, ce qu'on devinait à leur teint verdâtre, signe d'une bilirubinémie avancée. D'autres, plus vieux, avaient la peau drôlement basanée, tirant presque sur l'orange, comme s'ils avaient absorbé une grande quantité de ces fameuses pilules à bronzage, bourrées de carotène.

Soudainement, des bruits de portières se firent entendre et la foule se précipita hors du saloon, comme s'il y avait le feu. Quelques secondes plus tard, trois hommes en uniforme apparurent. À cause de leur accoutrement militaire, ces hommes n'inspiraient pas confiance et dégageaient un «je ne sais quoi de négatif» qui fit frissonner Wulbeck. Ils arboraient des uniformes en cuir noir et de ridicules petits couvre-chefs à la façon de Robin des Bois ou de Peter Pan. Leur chevelure tombant sur les épaules leur donnaient un air encore plus bizarre.

«Qui sont ces clowns?» pensa Wulbeck.

En plus d'être visiblement armés de pistolets, ils portaient ce curieux bâton métallique que Wulbeck avait remarqué plus tôt.

Deux de ces militaires étaient de race blanche alors que le troisième, sans doute d'un rang plus élevé, possédait ce teint orangé.

Toujours dans cette langue étrange, le barman tenta d'expliquer quelque chose aux militaires mais reçut un coup de crosse en pleine figure, gracieuseté de l'homme orange.

— Hey, fit Wulbeck en se levant de son tabouret par réflexe, mais il se rassit rapidement lorsque les deux autres militaires braquèrent leurs armes en sa direction.

C'est à ce moment que l'autre militaire s'approcha de Wulbeck avec un sourire en coin. Wulbeck savait que ça allait chauffer et sentait son cœur battre à toute vitesse. D'un ton défiant, le militaire dit quelque chose à Wulbeck.

— Écoutez, je ne comprends pas, est-ce que vous parlez anglais? fit Wulbeck d'un ton plus que poli.

L'homme devint furieux, cria quelque chose et administra une gifle magistrale à Wulbeck, ce qui le fit tomber en bas de sa chaise. Il tenta de se relever mais le soldat plaça le bâton dans ses côtes. Wulbeck fut paralysé un instant par une décharge électrique et apprit ainsi l'utilisation de ce bâton, par la manière forte.

Une fois debout, Wulbeck aurait bien aimé remettre la monnaie de sa pièce à ce soldat lâche mais les pistolets braqués sur lui le firent changer d'idée. Résigné, Wulbeck sortit du saloon les mains en l'air.

CHAPITRE 4

— Mon capitaine, fit la jeune recrue, puis-je me permettre de parler ouvertement?

— Permission accordée, fit le capitaine au volant de la jeep emmenant Wulbeck loin du village.

— C'est ma première semaine hors de l'académie, et là-bas j'ai souvent entendu des vétérans qui pratiquaient ces langues édeniennes et lorsque le prisonnier parle, j'ai l'impression d'entendre une de ces langues étrangères, expliqua la recrue.

— Es-tu sûr de ce que tu avances? fit le capitaine en fronçant les sourcils.

— Non... répondit la recrue avec hésitation, mais je pensais qu'il était mieux de vous faire part de mon observation, on ne sait jamais..

— Si on ne découvre rien sur cet individu, j'en ferai part au commandant. Pour ma part, je pense plutôt que cet homme est un débile mental. À moins qu'il ne soit l'un de nos militaires qui a mal réagi à ces foutus traitements hypnotiques.

— Mais ces traitements sont sans dangers, rétorqua le troisième militaire.

— C'est vrai, mon capitaine, appuya la recrue, ces cours sont ce qu'il y a de plus sûrs.

— Je suppose que vous avez raison. Vous savez, je suis de la vieille garde, toute cette nouvelle technologie me fait un peu peur. Donc, si cet homme n'est pas un des nôtres, c'est simplement un taré, et toi, mon jeune blanc-bec tout juste sorti de l'académie, tu penses trop; je crois sincèrement que ton séjour dans ce détachement perdu va te mettre un peu de plomb dans la cervelle, fit le capitaine d'un ton moqueur.

— Ouais, n'essaie pas de lécher le cul de tes supérieurs, fit le troisième militaire en éclatant de rire avec le capitaine.

Sourire en coin et rouge de gêne, la recrue se retourna vers Wulbeck, le dévisagea un moment et lui dit :

— À cause de toi, maudit arriéré, je fais rire de moi!

Wulbeck haussa les épaules tout en écarquillant les yeux, ce qui eut pour effet de déclencher un rire général dans la jeep. Wulbeck se contenta de les regarder rire et fut insulté de constater que les soldats le considéraient comme un arriéré mental. Pointe l'index vers la tempe en effectuant des rotations est un geste qui ne trompe pas et qui semble avoir la même signification partout dans le monde. Wulbeck se sentit tout d'abord choqué, mais finalement il les trouva stupides de n'avoir pas pensé qu'il aurait pu s'exprimer dans une autre langue.

Pour le reste du voyage, Wulbeck les ignora et porta son attention sur cette jeep qu'il n'avait jamais vue auparavant. Il s'était demandé si elle n'était pas propulsée par un système énergétique autre que du pétrole tant elle était silencieuse. Après trente minutes de route, la jeep s'était arrêtée dans une sorte de caserne militaire située en flanc de montagne. Tout autour, il y avait d'étranges équipements lourds. Une fois à l'intérieur du bâtiment, on avait simplement enfermé Wulbeck dans une cellule. Cela faisait maintenant vingt minutes qu'il y poireautait. Il fut soudain pris d'anxiété, prêt à sombrer dans la panique et se demanda sérieusement s'il n'était pas devenu cinglé. Mais après avoir observé la réalité autour de lui, il s'était repris en main, grâce à un enseignement du gourou Birdania qui lui était monté à l'esprit, comme ça, tout bonnement. Même si ce matin il n'avait écouté le gourou qu'à moitié, il était capable néanmoins de se remémorer le texte comme s'il l'avait appris par cœur :

«Vous n'êtes pas l'esprit. Ne vous identifiez pas à l'esprit. L'esprit n'est qu'un organe psychique qui tourne et qui tourne sans arrêt et sa fonction est de créer des pensées continuellement. Ces pensées seront modelées selon l'information perçue par vos cinq sens et comme l'homme est sans cesse à la recherche du bonheur — c'est sa seule raison de vivre — dans le monde extérieur; il bâtira sa vie et prendra des décisions en fonction de sa santé mentale ou, si vous voulez, selon la condition de son esprit. Par la méditation, transcendez l'esprit et reprenez le contrôle de vos sens. Ah! croyez-vous posséder le contrôle de vos sens? Juste une belle fille en mini-jupe sur la rue vous fera tourner la tête jusqu'à ce que vous fonciez dans un lampadaire. Ah! que j'ai bien mangé au dîner, mais qu'il est difficile de résister au dessert! De la grande maîtrise de vos sens, votre esprit émettra ces pensées : «Pourquoi ma femme n'est pas aussi mince que cette belle fille en mini-jupe? Pourquoi ai-je mangé cette pâtisserie?» De toute façon, l'homme, sans le contrôle de l'esprit, est constamment dans une impasse et restera toujours un éternel insatisfait. Le Canadien vivant au Grand Nord rêve de vivre sous le chaud soleil de la Floride et l'Américain de la Floride rêve de terminer sa journée de ski dans la piscine au bas des pentes d'une belle montagne en Suisse. Le Suisse rêve de l'Amérique où il sera moins taxé et ainsi de suite... Je vous le répète, reprenez le contrôle de vos sens et stabilisez votre esprit. Ah! vous vous dites en ce moment que vous connaissez beaucoup de gens qui sont bien dans leur peau et n'ont pas le goût de changer quoi que ce soit sans jamais transcendé l'esprit. Moi aussi, je les connais, mais quoi qu'il arrive, ne changez pas leur entourage, leur petit monde et leur fausse sécurité. Surtout, n'allez pas annoncer à un brillant homme d'affaires que sa femme a une liaison avec son meilleur ami; il pourrait se suicider. Après une tornade au Texas, comment se fait-il qu'on retrouve des femmes matures marchant comme des zombis à travers les ruines, l'air hébété, tenant une poupée à la main et prononçant des paroles incompréhensibles? En quelques secondes, leur monde s'est écroulé et leurs sens ne peuvent plus se référer à rien, envoyant du même coup leur esprit en orbite.»

Wulbeck ne voulait pas devenir comme cette femme au Texas. De plus, combien de fois avait-il ri des gens qui avaient craqué sous la pression dans un épisode de «Twilight Zone» à la télé? Ces gens qui avaient perdu la raison parce que, soudainement, ils avaient changé de sexe ou de couleur au cours de la nuit ou pour toute autre raison mystérieusement absurde, quelle qu'elle soit. À chaque fois qu'il voyait un épisode de ce genre, il se disait toujours :

«Moi, si cela m'arrivait, je saurais quoi faire.»

Donc, Wulbeck vivait son «Twilight Zone» et n'avait surtout pas l'intention de flancher comme ces idiots.

—   OK, gourou, j'ai tout saisi, j'ai eu ma leçon, c'est fini, tu peux me retourner à l'*ashram*, s'écria Wulbeck.

Au même instant, deux militaires arrivèrent au cachot. L'un, à en juger par son uniforme, devait être haut gradé. Lui aussi possédait ce teint légèrement orangé. L'autre militaire n'était qu'un simple soldat et possédait des traits orientaux. Le haut gradé tenta, tant bien que mal, de communiquer avec Wulbeck et, frustré par le peu de résultats, donna quelques baffes au prisonnier pseudo-aphasique.

«J'ai hâte que cette journée finisse! Et dire qu'on approche seulement de midi!» pensa Wulbeck entre deux taloches.

Finalement, las de gifler Wulbeck, le militaire orange quitta la cellule suivi de son subalterne.

Wulbeck ne pouvait simplement pas croire ce qui lui arrivait. Il était là, seul, enfermé par des gens qui le croyaient débile mental et qui ne semblaient pas réaliser qu'il puisse parler une autre langue.

Quelques instants plus tard, deux des trois soldats que Wulbeck avait rencontrés au saloon plus tôt vinrent le chercher. Ils lui donnèrent des bottes ridicules, un peu trop grandes pour lui, et l'emmenèrent hors de la caserne. Ils prirent une jeep et se dirigèrent vers la montagne. Wulbeck eut le vague sentiment que ce petit voyage ne présageait rien de bon et se sentit à nouveau très angoissé. Lors du court trajet entre la caserne et la montagne, il aperçut, pour la première fois, quelques inscriptions sur des enseignes et sur des véhicules. Jamais il n'avait vu ce genre d'écriture. Les lettres ressemblaient à de l'arabe mais en plus carré. La jeep s'arrêta devant une grosse ouverture sur le flanc de la montagne et Wulbeck fut remis à deux autres militaires coiffés de ce qui semblait être des casques de mineur. Le trio entra à l'intérieur de la montagne et prit un ascenseur qui sembla les mener très creux dans le sol. Les portes de l'ascenseur s'ouvrirent sur une grande caverne où environ une centaine de personnes travaillaient. De gros spots éclairaient le centre de la grotte où gisait une coupole cristalline qui réfléchissait la lumière des projecteurs dans tous les sens. Tout autour de cette demi-sphère, il y avait des personnes à genoux qui enlevaient la terre délicatement avec de petites pelles et ce, sous la surveillance de ces militaires casqués. Dès que Wulbeck vit un des surveillants donner un coup de bâton à une de ces pauvres personnes agenouillées, il comprit immédiatement sa situation dans ce pays étranger :

«En plus de passer pour un arriéré mental, je vais devenir un esclave», ragea-t-il en silence.

Dès lors, Wulbeck n'eut qu'une idée en tête : s'évader le plus rapidement possible. Toutefois, en ce moment il n'avait d'autre choix que d'attendre et de voir ce que l'avenir lui réservait.

Joey Wulbeck fut pour ainsi dire présenté à ses nouveaux patrons et vit que ses escortes expliquaient aux gardes que Wulbeck était un simple d'esprit. Les militaires sourirent et un des gardes apposa son bâton sur Wulbeck. Ce dernier ressentit alors une décharge électrique assez puissante pour le faire sursauter et lui faire mal. Du bâton, le garde montra deux seaux métalliques que Wulbeck s'empressa de ramasser avant de recevoir une autre décharge. Il suivit ensuite le garde vers la grosse roche à l'aspect diamantaire. Wulbeck déposa ses seaux à côté de quelques Noirs qui creusaient minutieusement autour de la surface inégale. Pendant qu'on remplissait ses seaux, Wulbeck eut le temps d'observer ce gros cristal mi-enfoui dans le sol. Cette grosse boule éclatante, symétriquement circulaire, devait avoir au moins quinze mètres de diamètre. N'étant pas un minéralogiste, Wulbeck ne pouvait dire si c'était un diamant ou un cristal. Selon lui, cette roche éclatante ressemblait à un météorite qui serait arrivé sur terre il y a plusieurs millions d'années et qui, avec le temps, se serait retrouvé enseveli au milieu de cette montagne. Une petite décharge dans les côtes le tira de ses pensées. Il se dépêcha de ramasser ses seaux pleins pour les transporter à l'autre bout de la grotte où tous ces pauvres hommes, visiblement épuisés, se mirent en ligne près d'une benne roulante d'où montait de la vapeur. Wulbeck en déduisit immédiatement que c'était l'heure de la soupe et, comme il avait perdu toute notion de temps, estima qu'il était probablement près de midi. Malgré la pénombre de l'antre, Wulbeck remarqua que la majorité des esclaves étaient mâles et que toutes les races semblaient être représentées. Il prit son bol de soupe et alla s'asseoir, par la force des choses, avec ses pairs. Il examina son potage et, comme sa faim n'était pas encore assez grande pour qu'il se force à accepter ce bouillon de onze heures, il le passa à son voisin de gauche qui l'accepta avec plaisir. Ce dernier ferma les yeux et huma le peu de vapeur qui montait encore du bol déjà refroidi. C'est à ce moment précis que Wulbeck remarqua que l'homme portait un tatouage à la paupière. C'était comme si trois petites paillettes dorées avait été brodées sur celle-ci. Il se retourna vers son voisin de droite qui, lui aussi, portait les trois petits signes sur sa paupière. Même chose pour l'homme assis à l'arrière droite.

«Tatoués comme du bétail, c'est écœurant!» pensa Wulbeck.

Le sifflet se fit entendre de nouveau et Wulbeck retourna à ses seaux. Lors d'un voyage vers les wagonnets, il eut enfin sa première bonne nouvelle de la journée. Il entendit un garde dire dans une langue qui semblait être de l'espagnol :

— ¿Es que está ansiosio de entrar a la academia para aprender español?

L'autre garde haussa les épaules et son sourire gêné démontrait qu'il n'avait rien compris. Se foutant complètement de recevoir une décharge électrique, Wulbeck déposa ses seaux et s'avança vers les deux gardes en s'écriant dans un mauvais espagnol :

— ¿Español? ¿Tú hablo español? ¿Tú hablo inglés?

Un des gardes s'apprêta à donner un coup de bâton à Wulbeck lorsque le garde hispanique l'interrompit pour enchaîner d'une voix grave :

— ¿Esclavo, que quieres decir? ¿No eres tú un loco? ¡Tú eres incapaz de hablar nuestra lingua pero hablas un poco español! ¿No estarías ríendote de mi?

Wulbeck n'avait rien compris et dit dans le peu d'espagnol qu'il connaissait :

— No comprendo... No hablo mucho español. Me he perdido... me Americano.

— Tú llegas d'Édenia, répliqua le militaire d'un air très étonné.

Puis ce dernier frappa Wulbeck dans les côtes et cria quelque chose dans l'autre langue étrangère. D'une voix mi-étouffée, Wulbeck dit en cherchant ses mots :

— Me he perdido... Me Americano... América del Norte. ¿Que vero el comandate?... ¿Euhééé el general? Por favor, es urgente... es importante.

Cette phrase eut pour effet d'arrêter le geste du militaire qui s'apprêtait encore à frapper Wulbeck. Le militaire revint à ses sens et cria des ordres à son compagnon. Ils sortirent brutalement Wulbeck de la grotte et, cinq minutes plus tard, Wulbeck était de retour à la surface, de nouveau enfermé dans la caserne.

Grâce à l'armée de l'air, Joey Wulbeck avait beaucoup voyagé et pouvait se débrouiller en allemand, en espagnol ainsi qu'en français. Assis dans sa cellule, il remercia le ciel que ce militaire fut en mesure de le comprendre.

«Maintenant qu'ils savent que je suis un Américain, les choses vont peut-être s'arranger.»

Épuisé, Wulbeck s'endormit sur cette dernière pensée.

CHAPITRE 5

Le commandant de la caserne haussa les épaules, jeta le rapport sur son bureau et dit au militaire qui avait eu la conversation avec Wulbeck :

— Je ne sais pas qui est cet hurluberlu, mais je sais qu'il ne vient pas d'où il prétend. C'est sans doute un militaire disparu qui a perdu la boule, puisque le gouvernement insiste pour mener l'interrogatoire. J'imagine qu'ils le connaissent déjà, car le gouvernement a envoyé d'urgence un avion de reconnaissance tactique avec deux pilotes pour le ramener. J'ai bien fait d'envoyer un message au quartier général du Jardin, parce que j'ai l'impression que j'aurais été dans l'eau chaude si quelque chose était arrivé à cet homme. L'avion sera ici très bientôt; je t'ai choisi pour l'escorter car tu es le seul qui puisse communiquer un peu avec le prisonnier. Ils seront ici avec des combinaisons pour vous deux. Une fois dans la capitale, profites-en pour t'amuser; je te donne cinq jours de permission pour ton bon travail. J'espère aussi, pour toi, que ta rétrogradation dans les mines sera révoquée à cause de cette découverte fortuite.

— Merci, mon capitaine, se contenta de répondre le garde hispanique.

*

Du coin de l'œil, Joey Wulbeck regardait l'homme orangé qui chauffait sa tige de métal à l'aide d'un brûleur. Wulbeck était incapable de bouger puisqu'il était bien attaché sur une table, la tête prise dans un carcan. L'homme orangé examina les trois petits signes incandescents au bout de sa tige de fer et se retourna lentement vers Wulbeck avec un sourire démoniaque. Celui-ci comprit immédiatement qu'il allait subir le même sort que les esclaves de la mine. En pensant qu'il serait marqué au fer rouge sur la paupière, Wulbeck fut pris de panique et tenta de se défaire de ses liens, mais il était incapable de bouger ou de crier. Il avait sûrement été drogué tant il se sentait léthargique. Un autre homme apparut dans son champ de vision et, par son habillement, il ne pouvait être autre chose que médecin. Ce dernier s'approcha et, à l'aide d'une pince, tira la paupière gauche de Wulbeck. Par un quelconque réflexe, l'autre paupière de Wulbeck se mit à cligner à un rythme effréné et il vit la suite des événements en stroboscopie. Le militaire se pencha en pointant sa tige de métal vers le visage de Wulbeck et lorsque celui-ci sentit sur son nez, la chaleur dégagée par le métal, il réussit à sortir un cri de mort puis se redressa d'un coup sec...

Wulbeck, tout en sueur, était assis sur sa couchette, les yeux hagards fixant droit devant lui. Il se tâta la paupière et sourit à l'idée qu'il avait fait un stupide cauchemar. Des bruits de pas le sortirent de sa torpeur et le commandant de la caserne arriva, accompagné de trois hommes en combinaison de pilote, dont le militaire hispanique.

—   ¡Pronto! ¡Rápido! fit ce dernier qui, par mimique, indiquait à Wulbeck de mettre la combinaison.

Celui-ci enfila le vêtement en silence.

«Hum! une combinaison de vol à haute altitude pour un avion à réaction. Une chose est certaine, quelqu'un est vraiment pressé de me rencontrer», pensa Wulbeck en espérant que sa situation allait s'améliorer.

Malgré cette tournure des événements qui semblait positive, Wulbeck avait toujours cette appréhension qui le tenaillait constamment. C'était comme si ce monde n'avait jamais existé pour lui. Quelque chose clochait. Comme il avait beaucoup voyagé, cela le tourmentait de se rendre compte qu'il était incapable de situer cet endroit sur une partie du globe. Wulbeck essayait de contrôler son anxiété en prenant de grandes respirations; il se disait d'être patient et que le temps arrangerait les choses.

Une fois l'habillage complété, Wulbeck fut conduit, toujours en jeep, sur l'autre versant de la montagne et là, en bout de piste, il vit un petit jet. La jeep s'arrêta et le militaire hispanique ordonna à Wulbeck de mettre son casque. Ce dernier comprit immédiatement pourquoi : la visière était complètement opaque.

«Donc ces gens ne veulent pas que sache où on me conduit. Je n'aime pas ça du tout», songea-t-il anxieusement.

Aidé des militaires, Wulbeck monta une échelle et s'assit dans l'avion. Il sentit une vibration et entendit un bourdonnement étouffé indiquant que les moteurs étaient mis en marche. Le bruit des réacteurs étaient différents de tout ce qu'il avait entendu auparavant. Il se demandait bien quel pouvait être ce type d'avion. Étant aviateur lui-même, Wulbeck aurait aimé être visuellement du voyage et, pour ce faire, aurait bien voulu enlever son casque, mais le militaire hispanique l'avait averti auparavant, dans un espagnol élémentaire :

—   ¡No hablar! ¡Guardar silencio! ¡No retirar casco!

Puis, au lieu de ressentir la traditionnelle force accélératrice qui vous colle dans votre siège, il se sentit plutôt dans un ascenseur, ce qui lui indiquait un décollage entièrement à la verticale. Mais ce qui l'étonna au plus haut point, ce fut l'absence d'une montée du son des réacteurs qui devrait normalement accompagner ce type de décollage.

«Quel est cet avion? Ce n'est surtout pas un Sea Harrier britannique; le Harrier est beaucoup plus bruyant», observa-t-il pensivement.

Puis son casque frappa violemment contre l'appui-tête de son fauteuil.

«Pardieu qu'il semble rapide! Mais quel est cet avion?» s'interrogea de nouveau Wulbeck.

Cela faisait une demi-heure qu'ils étaient en vol et cet avion mystérieux avait semé l'inquiétude chez ce pauvre Wulbeck. Forcé au silence, il était contraint de subir la tourmente de son insatiable esprit inquisiteur. Où était-il? Avait-il été kidnappé par des extra-terrestres? Était-il sur une autre planète? Avait-il effectué un saut dans le futur? S'était-il, par hasard, retrouvé parmi un gang international ayant à sa tête une sorte de génie qui veut contrôler le monde? Est-ce que l'*ashram* sert de façade à cette organisation? Que s'est-il passé entre l'*ashram* et son arrivée ici?

Puis un bruit familier attira l'attention de Wulbeck et ensuite un flash donna, pour un instant, de la translucidité à sa visière.

«Du tonnerre! Des éclairs! Nous sommes en plein orage», constata Wulbeck.

Cet orage ne l'aurait habituellement pas inquiété outre mesure, mais la force du bruit de la foudre ainsi que la fréquence des éclairs laissaient entendre que la tempête était violente. Tout à coup, un éclair puissant accompagné presque simultanément d'un tonnerre inouï secoua l'aéronef et des cris, d'abord de surprise et ensuite d'affolement, se firent entendre de tous les membres de l'équipage. Un crépitement continu accompagnait le vrombissement désormais saccadé de l'appareil, ce qui indiquait une déficience dans le système de propulsion. L'avion piqua brusquement du nez et, par réflexe, Wulbeck se raidit le corps. Ce qu'il appréhendait arriva : il fut éjecté de l'appareil. Quelques secondes plus tard, il flottait, parachute ouvert, au milieu de cet orage. Wulbeck, trempé jusqu'aux os, engourdi de froid et privé de son sens de la vue, était transi de peur. Pendant sa descente qui lui parut une éternité, Wulbeck réussit enfin à actionner les loquets de sécurité sur son casque et releva sa visière. À travers la pluie, il vit une ville à quelques kilomètres et, immédiatement en-dessous de lui, il retrouva ce que tout parachutiste redoute : des arbres. Le fauteuil de Wulbeck frappa les premières branches et les craquements concomitants des branches cassées stoppèrent net lorsque le parachute resta coincé. Après avoir fait le yo-yo pendant quelques secondes, Wulbeck détacha ses ceintures de sécurité et sauta les trois mètres qui le séparaient du sol. Il ne vit pas où les trois autres hommes avaient atterri et n'était pas, de toute façon, intéressé à le savoir. Pour mettre un peu de distance entre lui et ses compagnons de voyage, Wulbeck courut un moment dans la direction qu'il croyait bien être celle menant à la ville. La pluie cessa subitement et, au grand plaisir de Wulbeck, le soleil se montra le bout du nez. Wulbeck observa la forêt et nota que la végétation était différente de celle de ce matin. Il y avait plus de feuillus et moins de conifères. Avait-il voyagé vers le sud? Probablement. Wulbeck marcha en zigzaguant pour augmenter ses chances de voyager en ligne droite et pourtant, au bout d'une quinzaine de minutes, il n'avait pas encore trouvé l'orée du bois. Avait-il tourné en rond? Il ne le savait pas. Il était perdu, désorienté, mais au moins il s'était débarrassé de ces ignobles militaires.

«Quelle journée incroyable! Ce matin, j'étais dans un *ashram*... du moins, je pense bien que j'y étais plus tôt. Puis je suis tombé dans une soue à cochon, je me suis retrouvé dans un village de personnes âgées ne parlant pas l'anglais, j'ai été arrêté, j'ai reçu des baffes, j'ai passé pour un débile mental, j'ai travaillé comme esclave dans une mine, j'ai été éjecté d'un avion inconnu en plein orage électrique et maintenant, je suis perdu en forêt. Et dire que tous ces événements se sont déroulés en l'espace d'environ dix heures. Que va-t-il m'arriver d'autre? Quelle journée incroyable!» songea de nouveau Wulbeck.

Le bruit d'un hélicoptère le tira de ses pensées.

«On me recherche. Non, cette journée est loin d'être terminée», constata Wulbeck.

Il marcha encore pendant cinq minutes et s'arrêta devant une clairière. Wulbeck voulut la traverser mais changea d'idée lorsqu'il entendit une clameur au loin. Un instant plus tard, l'hélicoptère passa de nouveau au-dessus de sa tête et il décida de se cacher dans un bosquet. Maintenant, il pouvait distinguer des voix humaines et même des aboiements. Soudain, un homme affublé d'une cagoule apparut en courant. Il n'était qu'à cinq mètres de Wulbeck. Il semblait affolé. Subitement, il s'arrêta net en levant les bras, pour la simple et bonne raison, que trois hommes en uniforme et armés apparurent dans la clairière.

«C'est moi qu'ils recherchent, pas lui», pensa Wulbeck.

En examinant la situation, il se dit :

«Toutefois, cet homme ne semble pas très content de rencontrer des militaires. Si je reste dans la forêt, je cours de fortes chances d'être repéré par les renforts à cause de leurs sacrés chiens. Je ne tiens surtout pas à accompagner de nouveau ces infâmes militaires. Et puis... il est possible que cet homme puisse m'aider; je n'ai rien à perdre.»

Un des militaires cria un ordre et le fugitif, du revers de la main, s'apprêta à relever sa cagoule. Wulbeck écouta son intuition et passa à l'attaque. Les trois militaires tournaient le dos à Wulbeck, ce qui lui facilita la tâche. Tel un félin, Wulbeck bondit hors du bosquet et de deux coups de poing bien placés mit autant de gardes hors de combat tandis que l'homme masqué réussit à endormir l'autre garde en lui appliquant une solide clé au niveau des carotides du cou.

L'étranger enleva sa cagoule et montra un sourire de satisfaction. En apercevant le visage de l'homme, Wulbeck eut un choc. Il n'en croyait pas ses yeux : la peau de l'homme était bleu pâle. Il avait des cheveux roux lui tombant sur les épaules. Des yeux d'un bleu sombre complétaient un beau visage carré et il portait la tête haute, ce qui lui donnait un air de noblesse et de pureté. L'homme roux tendit la main et marmonna quelques paroles dans cette langue bizarre, qui devaient sûrement être des mots de remerciement. Wulbeck répondit :

— De rien, mais désolé, je ne parle pas votre langue.

— Comment? Que dites-vous? fit l'homme en anglais et avec étonnement. Tout le monde parle l'avinien, seulement les militaires connaissent d'autres langues.

L'étranger se pencha près de deux gardes, prit leurs pistolets et les lança le plus loin possible. Il prit la dernière arme sur le sol, dévisagea Wulbeck un instant et dit :

— Quittons ces lieux avant qu'il ne soit trop tard.

À la course, Wulbeck suivit l'étranger. L'homme mesurait près de deux mètres et devait faire dans les cent kilos. Malgré sa taille, il pouvait se déplacer agilement. Au bout de quelques minutes, ils arrivèrent à l'orée de la forêt. Wulbeck pouvait maintenant apercevoir une énorme ville au loin avec ses gratteciel. L'homme se dirigea vers un bosquet où était camouflé une bouche d'égout. Les deux hommes y descendirent et Wulbeck demanda :

— Où cela mène-t-il?

— Cet égout dessert l'aéroport. De ce côté, il nous mènera vers la ville, fit l'homme roux.

— Et quelle est cette ville? interrogea Wulbeck.

L'homme s'arrêta un instant et regarda Wulbeck d'un air plus qu'interrogateur.

— C'est Avin City, tout le monde connaît la capitale mondiale, fit l'homme roux. Dites-moi, avez-vous cessé de prendre vos médicaments dernièrement? Êtes-vous amnésique? D'où venez-vous?

— Je viens des États-Unis. Du Vermont, plus précisément, répondit Wulbeck.

— De la Terre? fit l'homme bleu tout surpris.

— Non de la Lune! répondit Wulbeck, sarcastique. Voulez-vous me dire où je suis?

L'homme resta silencieux un moment et dit :

— Je me nomme Androver, capitaine Androver. Et vous êtes...?

— Wulbeck, Joey Wulbeck, ou si vous préférez, le lieutenant Joey Wulbeck de l'armée de l'air américaine, répondit-il. Mais vous ne m'avez toujours pas dit où j'étais...

Encore une fois, au lieu de répondre à la question de Wulbeck, Androver dit plutôt :

— Ne nous attardons pas ici, descendons.

Sans dire un mot, Wulbeck suivit son nouveau compagnon pendant plusieurs minutes dans le long tunnel puant, jusqu'à ce qu'Androver s'arrête pour fixer une partie du mur de l'égout. Puis il toucha la paroi à un endroit précis et, aussitôt, une partie du mur pivota pour laisser entrevoir un passage secret. Les deux hommes s'y engouffrèrent et se retrouvèrent devant une porte blindée. Androver s'approcha d'un micro et parla longuement dans cette langue gutturale, toujours inconnue de Wulbeck. Androver se retourna et dit :

— On vient nous chercher, ce ne sera pas long.

Épuisé, Wulbeck se laissa tomber sur le sol, le dos appuyé au mur. Se sentant en sécurité, il ferma les yeux et quelques étourdissements lui indiquèrent qu'il avait l'estomac dans les talons. Il n'osait même plus poser de questions à Androver. De toute façon, il s'apercevait bien que celui-ci ne voulait pas parler et savait qu'il n'obtiendrait réponses à ses questions qu'une fois qu'ils auraient passé cette porte. Un déclic annonça qu'on ouvrait enfin la porte.

— Lieutenant Wulbeck, fit Androver, je vous présente ma sœur et deux de ses amis.

Devant Wulbeck se tenaient deux colosses de race blanche entourant une jeune femme, étrangement belle; elle aussi, évidemment, était bleu pâle. La sœur d'Androver possédait un visage aux traits parfaits avec des yeux d'un bleu glacial. De longs cheveux auburn complétaient le tout.

«Ah!... Qu'elle est belle!... mais elle est bleue... je dois rêver ou je suis devenu fou», pensa Wulbeck mi-admiratif, mi-abasourdi.

Wulbeck salua le trio et tendit son bras vers la sœur d'Androver, pour lui donner une poignée de main.

Avec un sourire, elle marmonna quelque chose dans sa langue en approchant ses deux mains vers le bras tendu de Wulbeck.

Celui-ci sentit soudain quelque chose, comme une aiguille, lui piquer le dessus de la main.

— Aïe! s'écria Wulbeck, et ce fut le black-out total.

CHAPITRE 6

Wulbeck se réveilla dans une petite pièce nue, aux murs blancs.

«Suis-je dans un hôpital?» fut la première pensée qui vint à l'esprit d'un Wulbeck encore endormi.

«Psychiatrique?» fut sa deuxième pensée, même s'il avait encore bien en mémoire les derniers événements : le cochon, les militaires aux cheveux longs, la mine, le périple en avion et sa rencontre avec l'homme... bleu. Avait-il rêvé toutes ces péripéties? Il ne le savait plus. Pourtant ses souvenirs semblaient trop réels pour qu'il ne les rejette du revers de la main.

Wulbeck ne savait pas combien de temps il avait dormi. Il se sentait très bien, nullement drogué. Il avait été lavé et même son linge était propre. Comme il s'y attendait, la porte était verrouillée.

— Ohé! Il y a quelqu'un? s'écria Wulbeck d'une voix mi-forte.

N'obtenant aucune réponse, il dit avec plus d'autorité :

— Je veux aller à mon ambassade! Vous n'avez pas le droit de me retenir ici! J'ai droit à un appel téléphonique...

Aucune réponse, rien...

— Si vous n'avez rien à me dire, sachez que je crève de faim! s'écria-t-il, en retournant s'étendre sur sa couchette.

Une minute plus tard, quelqu'un glissa un plateau de nourriture par une trappe, au bas de la porte. Wulbeck fut surpris d'y retrouver un repas succulent composé d'un potage épais d'un brun foncé, d'un petit morceau de viande tendre assorti de pommes de terre sucrées tango et de fèves couleur de betterave. Malgré le caractère exotique de ce repas, Wulbeck s'était régalé. Il repoussa le plateau par la trappe et cria :

— Merci, c'était délicieux.

Tout à coup, Wulbeck eut une bonne et une mauvaise nouvelle. La bonne nouvelle était qu'il recevait la visite de quelqu'un, la mauvaise était que le visiteur était bleu! Il n'avait donc pas rêvé.

L'homme, avec sa grande taille, marqué d'un peu d'obésité, dégageait une touche d'autorité. Il garda la porte ouverte et Wulbeck entrevit un garde dans le couloir. Le visiteur dévisagea Wulbeck un moment et dit :

— Lieutenant Wulbeck, je suis le colonel Melchinozer. Je connais assez bien l'anglais, fit l'homme sans aucun accent. J'espère que vous avez bien mangé; un homme repu et reposé fait un bien meilleur interlocuteur.

— Combien de temps ai-je dormi? s'enquit Wulbeck.

— Notre substance hypnotique vous a fait dormir seize heures. Au nom de la résistance, nous nous excusons de ce malentendu. Nous vous avons endormi parce que nous pensions que vous étiez un espion de Mendosus. Sous hypnose, vous étiez incapable de nous répondre en avinien, seulement en anglais. De cette manière, nous avons obtenu quelques renseignements à votre sujet et réalisé notre erreur. De plus, votre code génétique semblait étranger à cette planète, ce qui confirmait vos dires.

Wulbeck sursauta :

— Assez plaisanté, je veux aller à mon ambassade.

— Ce sera très difficile, fit le colonel.

— Et pourquoi? dit Wulbeck dubitativement.

— Pour la simple raison que vous êtes à des années-lumière de la Terre! expliqua le colonel.

— Quoi?! Mais est-ce qu'on se fout de ma gueule? hurla Wulbeck.

— Écoutez, je suis aussi surpris que vous. Calmez-vous, venez à mon bureau et, ensemble, nous allons essayer de tirer tout cela au clair, fit le colonel.

Escorté de deux gardes, Wulbeck quitta sa cellule et suivit le colonel Melchinozer. Ils arpentèrent plusieurs couloirs et n'apercevant aucune fenêtre, Wulbeck dit :

— J'ai l'impression que nous sommes sous le sol.

— En effet, vous êtes au quartier général de la résistance. Nous avons réussi à garder cet endroit secret depuis environ une dizaine d'années. Cependant, notre organisation existe depuis le tout début de la rébellion interplanétaire, répondit le colonel.

Les deux gardes s'arrêtèrent devant une porte et laissèrent entrer les deux hommes dans un bureau luxueux.

— Premièrement, fit le colonel, j'aimerais vous souhaiter la bienvenue sur la planète Avinia. Deuxièmement, je vous remercie d'avoir sauvé la vie de mon neveu, le capitaine Androver. Sans vous, il aurait probablement été torturé à mort. Le capitaine Androver est un des meilleurs pilotes de la flotte intergalactique du roi Mendosus. Cependant, en tant qu'espion pour la résistance, le capitaine a mis son nez où il n'avait pas affaire, une fois de trop. Il fut intercepté par une patrouille, mais par chance fut sauvé par...

— Excusez-moi, mon colonel «machin-steak», coupa Wulbeck, je veux savoir où je suis. Vous me dites que je suis à des années-lumière de la Terre et je n'en crois pas un mot. Hier matin, j'étais avec un gourou dans un *ashram* et tout d'un coup je me retrouve dans un monde étrange où on me parle de résistance et de rébellion. Quelle est cette mascarade? Je veux la vérité!

Le colonel Melchinozer fronça les sourcils et dit :

— Encore une fois, j'ai le regret de vous annoncer que vous êtes très loin de chez-vous. Vous allez vous en rendre compte dans les jours qui suivront et vous verrez que nous ne possédons pas les moyens techniques pour vous retourner sur la Terre. Lorsque vous étiez sous hypnose, vous avez affirmé que vous ne connaissiez pas Avinia et vous ne possédiez pas de vaisseau spatial. En aucun temps vous n'avez été capable de nous dire comment et pourquoi vous êtes venu sur Avinia. Effectivement, vous avez mentionné qu'un gourou était peut-être responsable de votre venue ici...

— En effet, coupa Wulbeck, je crois bien qu'un gou-rou m'a envoyé ici. Cependant, vous devez me croire; je ne sais pas comment je suis arrivé ici et je ne sais pas pourquoi j'y suis. Connaissez-vous le gourou Birdania?

— Je n'en connais aucun. Mendosus ferait probable-ment tuer n'importe quel être qui oserait amener de la connais-sance spirituelle sur Avinia. Toutefois, d'après ce que je sais sur l'organisation de mondes divins, les gourous sont des incarnations divines assez étranges. Leur rôle consiste géné-ralement à garder vivants les enseignements du Tout-Puissant dans les mondes en difficulté, comme Édenia ou, si vous voulez, la Terre. De plus, à l'approche d'importants changements, ils sont toujours les émissaires de Dieu dans les mon-des matériels. Certains possèdent aussi le rôle de précurseurs, ceux qui annoncent la venue d'un messie. Ces précurseurs sont reconnaissables parce qu'ils transportent toujours, dans leur main gauche, une branche pétrifiée. Celle-ci symbolise la colonne vertébrale où circule l'énergie divine. Du moins, c'est ce qui est écrit dans les livres qui nous ont été légués par nos ancêtres, les fondateurs de la résistance. Un vrai gourou peut communiquer avec le monde éthérique et le vôtre est probablement une des rares incarnations physiques sur Édenia, capable de le faire. Si un gourou vous a envoyé ici, il a sûrement une bonne raison. Il est possible que le vôtre s'intéresse à la rébellion. Qui sait? Ce n'est pas impossible.

— Excusez-moi de vous interrompre, fit Wulbeck, mais il va falloir m'expliquer un peu ce qui se passe ici parce que je ne comprends pas du tout, je ne comprends rien à ce que vous me dites.

— Vous avez raison! fit le colonel avec un sourire. Bon, commençons par le début. Croyez-vous au Tout-Puissant, aux anges et aux êtres disons... maléfiques?

— En ce moment, disons que j'ai du mal à croire que je ne rêve pas! répondit Wulbeck.

Au même instant, on cogna à la porte et le capitaine Androver fit son entrée dans le bureau. À la vue de son neveu, le colonel eut un sourire de satisfaction et dit :

— Tu tombes à point, tu vas m'aider à mettre à jour notre ami terrien.

Androver rit et dit :

— J'imagine qu'il doit être un peu perdu.

Puis il ajouta :

— Lieutenant Wulbeck, bienvenue sur Avinia, j'espère que vous allez vous y plaire.

— Bon, retournons à nos moutons, fit le colonel. Il y a environ deux cent mille ans terrestres, nos deux planètes, Avinia et Édenia, furent mêlées à une rébellion interplanétaire. Oh! en passant, permettez-moi de vous indiquer que votre planète Terre est mieux connue sous le nom d'Édenia à travers l'univers. Avant que nous parlions de rébellion, sachez qu'il existe une organisation physique des mondes célestes. De façon simple, disons que le Tout-Puissant, notre Dieu omniprésent, omniscient et omnipotent, est le grand patron de l'univers et qu'une multitude d'êtres célestes s'occupent de l'administration de son royaume. Le Royaume de Dieu est composé de sept Superunivers comprenant chacune des milliards de galaxies abritant chacune des milliers de planètes habitées. Comme je l'ai déjà dit, une administration complexe coordonne les activités de toutes ces planètes. Malheureusement, l'administrateur de notre univers local a tenté, il y a de cela très longtemps, de gérer son propre univers avec le résultat que nos deux planètes furent placées en quarantaine et coupées de tout contact avec les mondes célestes. Cet administrateur du nom de Mendosus, grugé par l'égoïsme, réussit à convaincre les gouverneurs planétaires de nos planètes ainsi que ceux d'autres entités administratrices à joindre ses rangs. Ces chefs planétaires s'appelaient Satan et Lucifer, gouverneurs planétaires d'Avinia et d'Édenia respectivement.

En entendant ces deux noms, Wulbeck en eut assez et cria:

— Ok! Finie la mascarade! Il n'y a pas de planète Avinia et ma planète Terre ne s'appelle pas Édenia. Messieurs, enlevez votre maquillage ridicule. Où suis-je, dans un laboratoire militaire? Vous essayez de me faire un lavage de cerveau... C'est ça! Hein? Vous faites une expérience sur moi comme si j'étais un vulgaire rat... Dites-le, c'est ça!?

Ne recevant aucune réponse des deux hommes bleus qui restaient impassibles, Wulbeck reprit d'un ton peu assuré :

— J'ai raison, hein?... Parlez! Vous ne savez plus quoi dire, je dois donc avoir raison. Moi, j'en ai assez, je sors d'ici. Messieurs, au revoir.

D'un pas décidé, Wulbeck se dirigea vers la porte. Il l'ouvrit mais les deux gardes armés lui barrèrent la route. Wulbeck se retourna et dit d'un ton défiant :

— D'accord, si je suis sur une autre planète, comment se fait-il que vous parliez anglais? Ne trouvez-vous pas ça bizarre que l'anglais se soit développé en même temps sur deux planètes séparées par des années-lumière? Quel hasard!

— Je vais vous le dire pourquoi, fit le capitaine Androver d'un ton sévère. Le colonel et moi sommes des espions pour la résistance et faisons également partie de l'armée de Mendosus. En ce moment, cette armée enseigne un tas de langues édeniennes à ses soldats, grâce à des traitements hypnotiques, parce qu'elle se prépare sérieusement à envahir votre planète. Laissez-moi vous dire que Mendosus n'est pas le genre d'homme à rire.

— Un instant, fit Wulbeck en fronçant les sourcils, vous me parlez de l'armée de Mendosus et tantôt vous disiez qu'un certain Mendosus voulait devenir le chef d'un univers il y a de ça des milliers d'années; parlons-nous du même homme?

— Bien sûr que non, mais c'est la même famille, dit Androver.

— De toute façon, il est impossible de voyager entre les étoiles, répliqua brièvement Wulbeck.

— Dans les jours qui suivront, vous verrez que notre technologie est beaucoup plus avancée que la vôtre, fit le colonel Melchinozer.

Wulbeck se calma un peu, s'assit et laissa tomber :

— Je ne veux rien voir dans les jours qui suivront, je veux des preuves et tout de suite!

Le colonel eut un sourire et dit :

— Très bien! Nous allons enfin progresser.

— On pourrait vous montrer des livres et des films, fit le capitaine Androver, mais je vais faire mieux. Nous irons faire un tour à Avin City. Qu'en pensez-vous?

Wulbeck était tellement dépassé par les événements qu'il se contenta de hausser les épaules en guise d'approbation.

— Cependant, il y a une seule condition et c'est, évidemment, que vous ne tentiez pas de vous échapper, fit Androver en montrant une petite boîte métallique qui ne pouvait être qu'une arme quelconque.

Puis il reprit :

— Lieutenant Wulbeck, je vous dois la vie, mais je ne peux risquer qu'on mette en péril l'existence de notre petit mouvement de résistance. Par contre, je ne crains rien car je sais que vous êtes un homme d'honneur et que lorsque vous en saurez plus à propos de la rébellion, vous vous joindrez à nous.

— Vous n'avez rien à craindre pour le moment, fit Wulbeck, vous me semblez être des gens honnêtes et de toute manière, en ce moment, la seule chose qui m'intéresse est de savoir où je suis.

— Alors, suis-moi, fit Androver en prenant un ton plus familier.

Wulbeck suivit Androver hors du bureau. Ils prirent l'escalier et gravirent quelques étages pour se retrouver dans un appartement.

— Nous sommes chez le colonel, fit Androver tout en invitant Wulbeck à le suivre.

— Il habite au-dessus du quartier général de la résistance. Ça ne fait pas loin pour aller au travail, dit Wulbeck.

— En effet, tout cet immeuble lui appartient. Il a été construit selon nos besoins et tous les gens qui habitent ici font partie de la résistance, ajouta Androver.

— C'est très efficace comme système, constata Wulbeck.

— Merci. Viens voir, fit Androver en se dirigeant vers la fenêtre. Admire une partie d'Avin City.

Wulbeck s'approcha de la fenêtre avec appréhension. Il aurait bien aimé voir New York mais il savait en son for intérieur que c'était impossible. Et il eut raison! Devant lui se trouvait une énorme ville comportant une architecture bizarre. Il n'avait jamais rien vu de tel. Un soleil se couchait à l'horizon et dans le ciel il y avait...

— Deux lunes! s'écria Wulbeck en laissant tomber son front sur la fenêtre en signe de désespoir.

Cette dernière vision mit fin à tous les espoirs de Wulbeck. Il était vraiment sur une autre planète, il n'y avait plus aucun doute...

— Allez! Ne te laisse pas abattre, risqua Androver en voyant la mine déconfite de Wulbeck. Viens faire un tour à l'extérieur, cela te fera du bien.

— Je ne sais plus quoi penser, je ne comprends plus rien, laissa tomber Wulbeck.

— Il y a sûrement une explication à tout cela. Suis-moi, je te montrerai la ville, fit Androver en montrant la porte.

CHAPITRE 7

Prétorius, de la six cent soixante-huitième génération, était l'homme le plus important, après Mendosus. Il était le commandant en chef de la Grande Armée. Son premier ancêtre, l'un des treize survivants originels, avait combattu aux côtés du Grand Mendosus. Il s'apprêtait à faire de même pour la grande invasion d'Édenia et en était fier. L'air soucieux, Prétorius déposa le rapport sur son bureau. Jamais dans l'histoire de l'aviation militaire un avion à propulsion électromagnétique s'était-il écrasé à cause de la foudre. De plus, se trouvait à bord cet homme qui prétendait venir d'Édenia.

— Bizarre! pensa-t-il. Est-ce que le clan adverse commencerait à bouger? Possible. Mendosus est parti pour cinq jours. Est-ce que je le dérange? Na! je lui en glisserai un mot à son retour.

*

Wulbeck suivit Androver dans la rue. D'après la position du soleil, on devait avoir passé l'heure du souper puisqu'il se couchait à l'horizon pour laisser sa place aux deux magnifiques lunes. La rue avait un air lugubre avec ses maisons de pierres qui semblaient dater du Moyen Âge. Même les rues étaient pavées de briques comme on en retrouvait dans chaque grande ville d'Amérique au début du siècle. À l'autre bout de la rue, il pouvait distinguer un homme à cheval.

— Avez-vous le droit de vous promener à cheval, dans la ville? questionna Wulbeck.

— C'est le seul moyen de transport pour le peuple, fit Androver, mais ne t'inquiète pas, je suis assez haut gradé dans l'armée pour posséder un véhicule motorisé.

— Ne crains-tu pas de descendre dans la ville? N'es-tu pas recherché par l'armée? demanda Wulbeck.

— Je ne le crois pas. Si on m'avait vu, on aurait déjà fait une perquisition dans mon appartement. Je portais une cagoule, tu te souviens? fit Androver avec un sourire narquois.

— Pourquoi te pourchassaient-ils?

— De l'autre côté de la forêt, il y a l'aéroport civil et l'aéroport militaire, où je suis affecté. Ce jour-là, j'étais en congé et le colonel Melchinozer m'avait appelé pour me dire qu'un avion était en route vers l'aéroport avec un prisonnier spécial. Nous n'avions aucun détail. Le colonel avait assigné des hommes pour recevoir et escorter le prisonnier jusqu'au palais royal. L'homme devait donc être important. Pendant quelque temps, nous avons eu peur qu'un de nos hommes ait été capturé mais lorsque nous avons appris que l'homme arrivait des mines du nord, nous avons été soulagés puisque nous n'avions personne là-bas. Je m'étais donc rendu à la base pour rien, et comme l'avion n'arrivait pas, j'avais décidé de revenir. Ce jour-là, j'en avais profité pour ramener des photos de quelques documents confidentiels à la maison. Cette fois, j'ai vraiment été stupide puisque je peux voler beaucoup de documentation lorsque je travaille en uniforme. Je n'avais donc pas à faire une telle chose. Alors, lorsqu'une patrouille m'a interpellé, je croyais qu'on m'en voulait. J'ignorais qu'on recherchait plutôt les occupants d'un avion qui s'était écrasé. J'ai donc couru vers la forêt pour ne pas risquer d'être fouillé et... tu connais la suite.

Wulbeck allait poser une autre question mais se ravisa et dit plutôt :

— J'ai des millions de questions à te poser mais je vais me contenter de regarder ton monde étrange. Je ne voudrais pas t'importuner avec mes interrogations.

— Ne t'inquiète pas, le rassura Androver. Je te comprends, je me poserais aussi beaucoup de questions si je me retrouvais, comme toi, subito presto, sur une autre planète. J'ai voyagé plusieurs fois parmi les étoiles, mais je n'ai jamais atterri sur une planète habitée... Je t'envie. Depuis qu'on a perfectionné le voyage interstellaire, de nouvelles aventures s'ouvrent à nous. Édenia sera d'ailleurs la première planète habitée que j'aurai la chance de visiter, mais malheureusement, mon peuple qui est dans l'ignorance puisqu'il est sous le joug de Mendosus, n'y apportera pas un message de paix.

— C'est donc vrai, ce... ce Mendosus veut donc envahir ma planète? Mais pourquoi? demanda Wulbeck.

— Tiens, on arrive à mon véhicule. Monte, je vais t'emmener dans les collines. De là-haut, il sera plus facile pour moi de t'expliquer l'histoire de ma planète et tu comprendras mieux les desseins de Mendosus.

Les deux hommes prirent place dans un véhicule qui, sur terre, passerait pour une jeep.

— Est-ce ta voiture? demanda Wulbeck.

— Non, ça appartient à l'armée, répondit Androver. Seuls les militaires et les gens du gouvernement ont le privilège de posséder un véhicule.

La jeep démarra dans un silence qui étonna Wulbeck :

— Comment ça fonctionne?

Androver répondit avec étonnement :

— Un moteur fait avancer les roues. Tu devrais savoir cela, on m'a enseigné que vous possédiez de telles machines sur Édenia.

— Non, non, je veux savoir quelle est l'énergie qui aide à la propulsion.

— Ah! c'est l'énergie solaire, combinée à de l'énergie électromagnétique.

— Vous semblez vraiment en avance sur nous au niveau de la technologie. Sur ma planète on commence seulement à développer l'énergie solaire.

— Je sais, vous avez des moteurs à combustion interne. C'est très polluant pour une planète. Le régime de Mendosus peut bien posséder tous les défauts des cieux, mais on doit lui accorder ceci : il prend un soin jaloux de la planète. À travers les âges, Avinia a été mieux traitée que ses habitants et ça, je te l'assure, fit Androver sombrement.

— Tous ces dômes que je vois sur les maisons sont des capteurs solaires? demanda Wulbeck.

— Oui, ces dômes fournissent l'énergie pour toute la maison, répondit Androver.

Comme le quartier général de la résistance se trouvait en périphérie d'Avin City, Androver ne prit que quelques minutes pour amener la jeep hors de la ville et dans les bois. Le véhicule montait toujours en douce le long d'une colline boisée et atteignit le sommet en peu de temps. À ce moment, Wulbeck eut une vue d'ensemble de cette grande et bizarre ville. Celle-ci n'aurait pas été si grande s'il n'y avait eu, au centre, ce gigantesque et magnifique parc ceinturé d'une muraille dégageant une lumière douce qui intensifiait le caractère féerique de la scène.

— Fantastique! s'exclama Wulbeck, passe-moi les jumelles.

À l'intérieur du Jardin, Wulbeck pouvait maintenant apercevoir de somptueux palais, de grandes fontaines, une végétation luxuriante et même un jardin zoologique.

— J'imagine que tout ça appartient à ton Mendosus, avança Wulbeck.

— Tu ne t'es pas trompé, fit Androver. Voici le Jardin d'Arvin. On l'appelle aussi la Cité Interdite ou encore la Cité des Immortels. C'est à cet endroit que notre civilisation a débuté.

— Pour l'appeler Cité Interdite, je présume que personne n'y a accès.

— C'est un peu ça. Mendosus et ses collaborateurs y vivent. On y retrouve aussi tous les quartiers généraux du gouvernement planétaire de Mendosus, y compris tous les grands centres de recherche ainsi que l'université privée du Jardin où tous nos plus grands cerveaux sont formés.

— Veux-tu dire que Mendosus est le seul dirigeant sur cette planète?

— C'est en plein ça! Il y règne en dictateur, il est le maître absolu d'Avinia.

— Pourquoi l'appelle-t-on la Cité des Immortels?

— Pour la simple et unique raison que la famille de Mendosus ainsi que ses collaborateurs sont presque immortels, jeta Androver.

— Tu blagues! s'exclama Wulbeck.

— Non, assura Androver, les premiers Mendosus étaient plus purs et restèrent sur cette planète environ deux mille ans. Présentement, nos dirigeants vivent environ de cinq à sept cents ans. Notre roi actuel ou, comme vous le dites si bien dans votre langue, notre dictateur est âgé de trois cent vingt et un ans.

— Incroyable! Comment peuvent-ils vivre si vieux? Sont-ils des demi-dieux?

— Non, ils ne sont pas des demi-dieux, même si la majorité des Aviniens le pensent. Sur notre planète, les gens croient que le premier Mendosus était le fils direct de Dieu, grand héritier de la planète Avinia et que la race violette était la plus pure; celle se rapprochant le plus de Dieu. Les gens ignorent tout de la rébellion initiale. Il n'y a seulement que la résistance et le clan Mendosus qui connaissent la vérité. Dernièrement, Mendosus a annoncé que son «Père aux cieux» lui avait confié une mission divine : celle de conquérir une planète qui, il y a longtemps, s'est rebellée contre lui, et qu'Avinia avait été choisie pour remettre les brebis perdues d'Édenia dans le droit chemin. Pour arriver à ses fins, le clan Mendosus a dévoilé au peuple une histoire de rébellion planétaire sur Édenia où de certains Jésus, Allah, Bouddha et Krishna jouaient les mauvais rôles. Notre peuple est complètement extatique à l'idée d'aller conquérir votre planète et entièrement dévoué à la cause du «faux dieu Mendosus le Premier», expliqua Androver.

— S'il n'est pas un dieu, comment peut-il vivre si longtemps? redemanda Wulbeck.

— Grâce à l'Arbre de Vie.

— L'Arbre de Vie?

— Écoute, je vais te donner une leçon d'histoire qui t'aidera à mieux saisir le pourquoi de l'avènement de Mendosus au pouvoir.

Androver fit une pause et l'expression de son visage démontrait clairement qu'il cherchait par où commencer.

— Cet après-midi, reprit-il, on t'a parlé du Tout-Puissant qui a créé les sept Superunivers. Ceux-ci sont en constante évolution puisqu'il y a continuellement un soleil qui se forme quelque part avec des planètes gravitant autour. De temps à autre, on retrouve une planète possédant les qualités nécessaires pour soutenir la vie. Lorsqu'une planète, porteuse de vie, arrive au stade où l'homme apparaît, l'organisation des planètes envoie des êtres spéciaux qui, de leur plan éthérique, observent l'évolution des hommes.

— Éthérique, qu'est-ce que c'est?

— C'est un peu ce qu'on appelle le monde des fantômes ou des anges ou si tu veux, scientifiquement parlant, c'est la quatrième dimension. Dans ce monde, il existe des planètes qui obéissent aussi à des lois physiques et c'est là que se trouve le gouvernement des planètes. C'est là que nous allons après la mort, éternellement, à condition bien sûr d'avoir brisé le cycle des naissances et des morts. De ce plan éthérique, ces êtres peuvent nous observer mais ne peuvent communiquer avec nous.

Androver fit une pause, amusé par l'expression d'hébétude marquant le visage de Wulbeck, et reprit :

— Bon, continuons. Plus tard, lorsque l'homme a atteint un niveau décent d'évolution, on envoie un gouverneur planétaire pour voir au bon fonctionnement de la planète. Donc, Mendosus, chef de notre univers local, envoya, comme gouverneur planétaire, un dénommé Satan sur Avinia et, plus tard, un certain Lucifer pour s'occuper d'Édenia. Est-ce que tu me suis?

Wulbeck fit signe que oui et ajouta :

— La bureaucratie, on peut pas y échapper, même au Ciel!

Androver sourit et reprit son discours :

— Le gouverneur planétaire est habituellement accompagné d'adjoints administratifs et d'assistants tels que des archanges, des dominations, des séraphins, des chérubins, des principautés, des vertus et des trônes, habitant tous des corps physiques pour les besoins de leur mission. Ils sont tous de race violette. Le gouverneur et son équipe construisent un Jardin près des peuplades primitives et ce Jardin sert en quelque sorte d'université. En voici un : le Jardin d'Avin. Les représentants les plus évolués de chaque race venaient dans le Jardin et apprenaient l'art, l'agriculture, la domestication des animaux, l'hygiène ainsi que les principes moraux fondamentaux. Après un certain temps, le gouvernement des planètes désigne un fils et une fille procréateurs, encore de la race violette, dans le but d'améliorer le bagage génétique des aborigènes. Tous ces êtres célestes peuvent s'occuper ainsi d'une planète pendant des centaines d'années jusqu'à ce que l'on juge la planète comme étant autosuffisante. Alors, on retire ces êtres célestes et on laisse la planète suivre son destin. C'est un système qui fonctionne assez bien. Aurais-tu des questions?

— Donc, ces gens célestes peuvent rester plusieurs centaines d'années sur une planète, grâce à ce foutu Arbre de Vie. Peux-tu enfin m'expliquer ce qu'est l'Arbre de Vie?

— Comme son nom l'indique, cet arbre permet de rester sur une planète très longtemps car l'ingestion d'un fruit par jour permet de régénérer le corps. Lorsqu'un gouverneur planétaire arrive sur la planète, il est toujours accompagné d'un Arbre de Vie. Regarde au milieu du Jardin, aperçois-tu le palais en forme de demi-lune?

Wulbeck braqua les jumelles et aperçut le magnifique palais qui étincelait sous la lumière lunaire.

— On dirait un palais de glace! s'exclama Wulbeck.

— C'est l'édifice gouvernemental ou si tu veux, le quartier général de Mendosus. Il est fait de cristaux, de diamants et d'or. Maintenant, regarde autour du palais, vois-tu quelque chose de spécial?

À travers les jumelles, Wulbeck pouvait maintenant apercevoir un arbre à l'avant du palais. Pour lui, il n'y avait aucun doute, c'était bien l'Arbre de Vie. Il restait encore assez de lumière du jour pour être en mesure de le distinguer correctement. De loin, la présence de l'arbre n'était pas évidente parce que son feuillage violet ne semblait être qu'une ombre et que son tronc vert lime se confondait avec le gazon. L'arbre ressemblait à un énorme saule pleureur d'où pendaient de longs fruits dorés.

— Est-ce que je rêve, on dirait que l'arbre émet de la lumière? observa Wulbeck.

— Tu ne t'es pas trompé. Dans cet arbre coule une sève divine aussi éclatante qu'un soleil. De près, tu remarquerais que l'innervation de chaque feuille est de couleur dorée. C'est de là qu'émane la lumière, expliqua Androver.

— Les gens ne sont-ils pas frustrés de ne pas avoir accès à l'arbre?

— Non, puisqu'ils ignorent que le secret de la longévité du clan Mendosus se cache dans l'ingestion de ces précieux fruits.

— Ah oui?

— Cet arbre est important pour eux. C'est le symbole de notre planète. Ils pensent que c'est un cadeau du faux-dieu Mendosus car il est unique au monde.

— Maintenant, explique-moi ce que fut la rébellion de Mendosus.

— Avec l'aide de Satan et de Lucifer, Mendosus se proclama Dieu de son Univers local. Nous devons présumer qu'ensuite l'égoïsme et la paresse grugèrent ces êtres et les détournèrent de la fastidieuse tâche de réaliser le Dieu Créateur. Donc, la rébellion éclata et il y eut guerre entre les êtres célestes rebelles et les êtres célestes loyaux stationnés sur Avinia. Même les peuplades primitives y prirent part. Cela dura plusieurs années et le gouvernement des planètes n'intervint pas tant que chaque personnalité céleste impliquée dans le conflit n'eut pris une décision définitive sur le choix du clan auquel adhérer. Lorsque les décisions — choisir entre les voies de Mendosus et la volonté du Père Invisible — furent prises par tout le monde, le Tout-Puissant enleva instantanément quelques pouvoirs à l'Arbre de Vie et cela contrecarra entièrement les plans de Mendosus.

— De quels pouvoirs parles-tu? interrogea Wulbeck.

— Avant la rébellion, reprit Androver, un fruit par jour permettait de régénérer le corps et donnait aussi quelques propriétés spéciales telles que l'invisibilité, une force physique incroyable ainsi que le pouvoir de communiquer avec les êtres du monde éthérique. En plus, lors du sommeil, on pouvait quitter le corps physique grâce au voyage astral et être en mesure de se promener dans le monde éthérique.

— À quoi pouvait bien servir tous ces pouvoirs?

— L'invisibilité permettait de surveiller les peuplades sans les déranger ou les intimider. La force physique n'y était que par mesure de sécurité. Et de temps à autre, les êtres célestes en fonction sur une planète aimaient bien prendre de petites vacances; le voyage astral leur permettait de visiter leur monde éthérique. Aujourd'hui, l'arbre ne procure qu'une incroyable longévité.

— Alors, qu'arriva-t-il lorsque l'arbre perdit ses pouvoirs?

— Satan et Lucifer étaient dans le monde éthérique et privés du pouvoir de reprendre leur corps humain, ils furent coincés dans le monde éthérique. De son côté, Mendosus possédait le pouvoir de se matérialiser sur toutes les planètes sous sa juridiction. Il perdit ce pouvoir ainsi que ses deux plus précieux collaborateurs et resta coincé sur Avinia. Il devint fou de rage, déclara la guerre aux êtres restés loyaux envers l'autorité divine et sortit vainqueur. Ce fut une grande guerre où toutes les tribus furent impliquées malgré elles. Il y eut très peu de survivants chez la race violette qui est disparue depuis. Mendosus et son clan prirent possession des Jardins d'Avin et de l'Arbre de Vie. Par chance, notre couple d'Adarm et Eyrva eut le temps de se retirer loin du Jardin.

—   Adarm et Eyrva?! pensa tout haut Wulbeck car ces deux prénoms lui rappelaient subitement Adam et Ève.

—   Adarm et Eyrva sont les fils et filles procréateurs dont je t'ai parlé il y a quelques instants. C'est un couple céleste de race violette qui a pour mission de faire des enfants qui iront se mêler aux peuplades primitives afin d'améliorer le bagage génétique de chaque race. Par exemple, nous, les hommes bleus, sommes le résultat d'un mélange entre les Violets et les Blancs. Une fois chassé des Jardins d'Avin, notre couple d'Adarm et Eyrva se retira dans les montagnes, enseigna la connaissance divine et mit sur pied une secte secrète qui avait pour but de contrecarrer les plans machiavéliques de Mendosus sur Avinia. Aujourd'hui, cette secte secrète, dirigée par Melchinozer, se contente de sauvegarder le souvenir intacte de cette triste rébellion. Privé de l'Arbre de Vie, ce courageux couple divin mourut un siècle plus tard. Avec le temps, Mendosus anéantit tous les peuples restés fidèles à Adarm et Eyrva et petit à petit le souvenir de la rébellion s'effaça. Voilà la triste histoire d'un être qui passa d'administrateur d'univers local à administrateur d'une toute petite planète, perdue dans l'immensité intergalactique. Aujourd'hui, ses descendants règnent en maîtres absolus et personne n'oserait les affronter.

—   Plus j'écoute ton histoire et plus je commence à croire que la même chose s'est produite sur la Terre, laissa tomber Wulbeck avec un soupir. Je crois que nous avons eu, à un moment donné, un couple semblable à tes Adarm et Eyrva. Ils s'appelaient Adam et Ève. Vois-tu la similitude? Ils vivaient au Jardin d'Éden et par un curieux hasard, vous m'apprenez que ma planète est connue sous le nom d'Édenia dans l'Univers. Dans l'histoire, Ève fut apparemment séduite par le diable pour une histoire de pomme...

—   Une pomme? intervint Androver.

—   Oui, une pomme. Tu sais, Adam et Ève, Lucifer,

Satan, le Jardin d'Éden; tout cela fait partie de notre folklore religieux. Donc, il semble qu'il y ait eu aussi rébellion sur notre planète et voici à peu près ce que nous savons : Adam et Ève vivaient au Paradis et le diable, déguisé en serpent, persuada Ève de prendre une pomme et ce, malgré l'interdiction du Bon Dieu. Elle l'accepta et l'offrit à Adam. Ce dernier accepta, le Bon Dieu se fâcha et envoya nos deux moineaux sur Terre où ils devinrent les deux premiers humains.

Il y eut un court silence et Wulbeck demanda :

—   Sais-tu ce qui est vraiment arrivé à ma planète lors de la rébellion?

Androver fit signe que non et ajouta :

—   Tout ce que nous savons vient de nos ancêtres, nos Adarm et Eyrva procréateurs. Nous savons que votre planète fut aussi plongée dans les ténèbres à cause de la participation de Lucifer au plan démoniaque de Mendosus; c'est tout. As-tu d'autres questions?

—   Non, je me sens brusquement fatigué. Tu sais, hier j'ai vécu la journée la plus horrible de toute ma vie et aujourd'hui, j'ai peine à imaginer la fantastique aventure dans laquelle je suis plongé. Je suis épuisé. Ramène-moi au quartier général, j'ai besoin de sommeil et de temps pour digérer toute cette histoire incroyable.

Les deux hommes restèrent silencieux un moment, les yeux pointés en direction du Jardin, comme envoûtés par la splendeur de cette création malheureusement devenue diabolique.

CHAPITRE 8

À sa troisième journée sur Avinia, au réveil, Wulbeck ne réalisait pas encore ce qui lui arrivait. Plus il analysait la situation, plus il pensait que le gourou était le grand responsable de son arrivée sur cette planète. Tout était bien clair dans sa tête maintenant; il s'était présenté devant le gourou avec un désir ardent de le frapper et puis, pouf! il s'était retrouvé assis dans une soue à cochon. Que s'était-il passé entre ces deux événements? Il n'en avait aucune idée. Il n'avait que le vague souvenir d'un doux regard et d'un tunnel à l'éclairage diffus.

Étendu sur sa couchette, Wulbeck regarda le plafond et dit à voix haute :

— Ok, gourou, je sais que tu es le grand responsable de ce qui m'arrive. Je m'excuse, je n'ai jamais voulu te frapper. Je pense même que tu m'y as forcé. Je t'en prie, tu dois me croire!

Wulbeck se tut comme s'il attendait une réponse et reprit :

— Je ne sais pas qui tu es, ni ce que tu veux, ni ce que tu es capable de faire mais je t'en prie, fais-moi un signe ou viens me voir qu'on discute un peu de cette situation. Tu pourrais au moins me dire ce que tu attends de moi. Si tu ne veux rien de moi, ramène-moi sur Terre.

Au même instant, on frappa à la porte. C'était le colonel Melchinozer.

85

— Tiens, on parle aux murs maintenant, fit le colonel d'un ton moqueur.

— Ne vous inquiétez pas, j'essayais seulement de communiquer avec le gourou qui m'a catapulté sur votre chère planète, rassura Wulbeck.

— Hier soir, j'ai parlé à mon neveu et il m'a dit qu'il vous avait montré le Jardin. Auriez-vous des questions? demanda le colonel.

— Oui, fit Wulbeck. J'ai repensé à toute cette histoire de rébellion et il y a une chose qui, d'après moi, ne colle pas.

— Allez-y, je vais essayer de vous éclairer.

— Si votre histoire est vraie et ne découle pas d'une légende quelconque, alors expliquez-moi pourquoi un être important comme le premier Mendosus voudrait-il se révolter contre le Bon Dieu? demanda Wulbeck.

— Tu sais, l'Univers est gigantesque et avec ses milliards de planètes, être l'administrateur d'un des millions d'univers locaux est peut-être un bien petit rôle. Si tu penses que Mendosus était en contact téléphonique avec le Tout-Puissant tous les jours, tu te trompes. Le premier Mendosus n'était qu'un microbe dans l'Univers administratif du Créateur. Ces êtres évoluent comme nous, sauf sur un plan différent, et doivent passer par des tests difficiles pour continuer à gravir les échelons vers le Haut-Paradis. Donc, vivre dans les mondes célestes et avoir des fonctions administratives ne veut absolument pas dire qu'on est parfait. Nous devons présumer que Mendosus, Satan et Lucifer sont tombés insidieusement amoureux d'eux-mêmes et qu'ils ont péché en défiant l'autorité suprême du Dieu Créateur.

— Si le Bon Dieu est omni-tout, pourquoi ne règle-t-il pas tous les problèmes de l'Univers d'un seul claquement de doigts puisque le premier Mendosus est depuis si longtemps parti? demanda Wulbeck.

— Ah! Les voies du Tout-Puissant sont plus que souvent impénétrables. Sous le couvert de l'imperfection gît la perfection. Notre univers ne semble pas avoir été créé parfait et cela fait partie du Grand Jeu de la dualité qui nous cache du Père Parfait.

— Que voulez-vous insinuer?

— Que le Dieu Créateur est au-delà du bien et du mal, qu'il n'est ni mâle ou femelle, ni blanc ou noir, qu'il n'est qu'un avec l'Univers, qu'il est l'Univers et qu'il nous faut transcender cette notion de dualité pour atteindre le Haut-Paradis. Nous naissons avec l'illusion de l'imperfection car la perfection est notre but éternel et non notre origine.

N'ayant absolument rien compris des propos philosophiques du colonel Melchinozer, Wulbeck se contenta d'agréer par de polis signes de tête et, avant que le colonel ne se lance dans un nouveau développement oratoire, il s'empressa de poser une question plus terre à terre :

— Hier soir, votre neveu m'a dit que votre couple d'Adarm et Eyrva avait créé votre organisation. Cependant, d'après le sens de ses paroles, j'ai comme eu l'impression qu'il n'était pas très satisfait du rôle joué par la résistance dans sa lutte contre le clan Mendosus.

— Je sais, mon neveu et moi avons eu de nombreuses discussions à ce sujet. Vous savez, Androver est jeune et vaillant. Il aimerait bien assassiner Mendosus ou faire sauter sa flotte de vaisseaux intergalactiques ou je ne sais quoi encore. Mais qu'est-ce que ça donnerait? D'après moi, pas grand-chose. On ne ferait que retarder de quelques années le projet d'envahir votre planète si, il ne faut pas se le cacher, nous sommes chanceux. Nous sommes maintenant une très petite organisation et cela prit presque deux siècles à notre résistance pour réussir à faire accéder deux de ses membres, en l'occurrence le capitaine Androver et moi-même, à des positions respectables dans l'armée de Mendosus. Comme le clan Mendosus croit notre résistance éteinte depuis bien longtemps, nous en profitons pour subtiliser des documents militaires que nous tenterons de passer à vos gouvernements une fois nos attaques commencées. De plus, Androver devrait savoir que notre principale mission est d'accueillir un messie. En effet, il y a plusieurs siècles, certains dirigeants de notre résistance eurent la visite d'un être céleste les exhortant de maintenir vivant le triste souvenir de cette rébellion et de garder intacte notre secte afin qu'elle puisse un jour, aider le messie dans sa grande tâche d'illuminer Avinia.

— Parlant de ma planète, est-ce que vous savez beaucoup de choses sur elle?

— Beaucoup. Je me suis rendu maintes fois près de ta planète, même si je ne me suis jamais posé à sa surface.

— Quelle était la raison de ces voyages?

— Une de ces raisons était de subtiliser de l'information de vos satellites.

— De nos satellites! s'exclama Wulbeck. Comment pouvez-vous faire une telle chose?

— Avec des ondes magnétiques. Un de nos vaisseaux spatiaux est capable d'envoyer un faible rayon ionique emprisonnant de l'énergie magnétique sur n'importe lequel de vos ordinateurs. Ce rayon décode vos données magnétiques ou optiques et soutire ainsi toute l'information voulue. Nous avons déjà, dans de précédents voyages, subtilisé de l'information de vos satellites en orbite. Une fois la guerre rendue à un stade avancé, j'imagine qu'un de nos vaisseaux pénétrera votre atmosphère pour ainsi s'attaquer à tous les ordinateurs terrestres. Le plus extraordinaire dans tout cela, c'est que seulement un de nos Six-Six-Six possède assez de mémoire pour emmagasiner la totalité de toute l'information terrestre.

— Les quoi!? s'écria Wulbeck.

— Les Six-Six-Six sont les ordinateurs les plus perfectionnés que Mendosus et ses savants aient mis au point. On les nomme Six-Six-Six en l'honneur de la famille Mendosus qui en est à son six cent soixante-sixième mandat de dictature. On a eu exactement six cent soixante-six Mendosus, tous aussi cruels les uns que les autres.

— Six-Six-Six, le numéro de la bête, laissa tomber Wulbeck d'une voix blanche.

— Le numéro de la bête, que voulez-vous dire par là? interrogea le colonel.

Wulbeck prit quelques instants avant de répondre, comme s'il cherchait ses mots. Finalement, il s'assit sur un siège et dit:

— Je ne sais pas si c'est un hasard, mais sur terre nous possédons un livre qui s'appelle *Apocalypse*, c'est un livre prophétique qui décrit la fin du monde sur Terre. Je ne l'ai jamais lu, mais d'après ce que j'ai entendu dire, le Six-Six-Six serait le numéro du diable ou, si on veut, de l'antéchrist. Je pense que les gens maudits sont supposés être marqués du sceau de la bête qui est le Six-Six-Six. Personne n'a jamais su interpréter l'*Apocalypse* avec certitude, parce que ce vieux livre religieux est écrit de façon métaphorique. Toutefois, je dois avouer qu'il y a toute une similitude entre Mendosus et l'antéchrist de l'*Apocalypse*. Son plan pour envahir ma planète peut être interprété comme étant la fin du monde. De plus, ce fameux ordinateur porte le même numéro que la bête dans l'*Apocalypse*.

— Je ne sais pas qui a prédit tout cela dans ton livre, mais il n'était pas loin de la vérité. Vous êtes chanceux de posséder un tel bouquin. Qui a écrit ce livre et quand fut-il écrit? demanda le colonel.

— Je n'en ai aucune idée. Je ne me suis vraiment jamais intéressé à la religion mais je vous assure que je vais passer ce livre au peigne fin si le Bon Dieu m'accorde la chance de revenir sur Terre.

— Lors de ton mini-séjour dans la mine, as-tu remarqué que les esclaves étaient tatoués?

— Oui! Essayez-vous de me dire que les trois petites signes sur les paupières sont des Six-Six-Six? demanda Wulbeck, tout excité.

— Tu l'as deviné, fit le colonel laconiquement.

— À quoi servent ces tatouages? questionna Wulbeck.

— Ces gens sont tatoués au laser. Dans le tatouage, un code personnel permet d'identifier et de retracer chaque personne, expliqua le colonel.

— Que voulez-vous dire?

— Par exemple, si un esclave s'évade d'une mine, l'ordinateur, grâce au satellite, peut nous donner la position exacte du fugitif. Si Mendosus prenait le contrôle de ta planète, tous les survivants ou tous les prisonniers seraient tatoués de la sorte.

— Peut-on enlever ce tatouage?

— Certes, si on est prêt à perdre un œil.

— Quoi!?

— En plus de marquer la paupière, le code s'inscrit aussi dans le globe oculaire. Les créateurs de ce système ont vraiment pensé à tout. Il est peut-être facile de se débarrasser d'une marque sur la peau, mais ça prend un énorme courage pour sacrifier un œil. Si quelqu'un choisissait la dernière solution, un œil de vitre ou un œil manquant devient immédiatement le signe que vous avez quelque chose à vous reprocher devant la Loi de Mendosus.

— Mais, nous n'avons aucune chance! s'écria Wulbeck. Grâce à ces ordinateurs, vous saurez tous nos secrets militaires et tous nos moindres faits et gestes. Ces machines sont absolument démentielles. Quels sont les autres motifs qui vous poussent à venir vous balader près de ma planète.

—   Disons qu'il n'y a qu'une autre raison, rectifia le colonel.

—   Et quelle est-elle?

—   Quelques-unes de nos navettes ont débarqué des gens sur votre planète, expliqua le colonel.

—   Des espions! s'exclama Wulbeck.

—   C'est pire que ça, des familles entières au service de Mendosus ont débarqué sur votre planète. Ça fait presque vingt ans que ces opérations ont commencé. Ces gens ont pour mission de s'infiltrer dans les gouvernements de plusieurs pays et de semer le trouble sur votre planète, dans le seul but de l'affaiblir.

—   De l'affaiblir! Ne trouvez-vous pas que vous êtes assez forts comme ça? demanda Wulbeck.

—   Malgré notre technologie, notre armée n'est pas entièrement prête à vous affronter. Premièrement, Mendosus n'a plus d'ennemis sur cette planète depuis des siècles. Donc, son armée manque de pratique. Deuxièmement, il n'y a pas suffisamment de vaisseaux spatiaux qui soient prêts pour effectuer le voyage Avinia-Édenia. Donc, la stratégie de Mendosus est de vous affaiblir par des guerres internes pendant que nous construisons nos vaisseaux et que nous préparons notre armée. Or, les espions de Mendosus ont été débarqués en Asie et au Moyen-Orient. Un de leur travail est de s'éduquer et de devenir des membres influents dans les gouvernements de ces pays. Ensuite, ils vont promouvoir l'idée de s'attaquer à vos pays industrialisés pour n'importe quel motif afin de vous rendre plus vulnérables.

Ils discutèrent ainsi pendant deux heures. Wulbeck apprit qu'Avinia était divisée essentiellement en deux principaux continents. Sur la planète, il y a bien d'autres grandes îles isolées mais elles sont considérées comme des territoires faisant partie de ces continents. Chaque continent est divisé en territoires, onze au total pour l'ensemble de la planète, où le gouverneur règne en maître, n'ayant à répondre que de Mendosus. Ces gouverneurs sont des descendants directs des treize survivants originels, ceux qui avaient soutenu Mendosus lors de la légendaire rébellion. Chaque gouverneur investit son propre argent dans le territoire et Mendosus touche une ristourne de chaque territoire. Il n'y a qu'une armée et elle appartient à Mendosus. Elle est commandée par Prétorius, son bras droit. À propos du clan Mendosus, Wulbeck fut surpris d'apprendre que le dictateur change d'épouse à la naissance d'un enfant et qu'aucun d'eux n'a droit à un territoire. La plupart de ses enfants travaillent au gouvernement central, ou dans l'armée, ou ont le choix de faire ce qu'ils veulent ou encore de ne rien faire du tout. Lorsque le dictateur vieillit, un comité de scientifiques et d'astrologues choisit le successeur, parmi ses descendants directs.

Wulbeck apprit aussi que l'invasion prochaine de la Terre correspondait à la deuxième grande période de surpopulation sur Avinia. Il y a deux cents ans, Mendosus le six cent soixante- cinquième, ordonna l'exécution de deux milliards de personnes, en partie des vieillards, des handicapés physiques, des personnes souffrant de troubles mentaux, des prisonniers et des esclaves. Aujourd'hui, Mendosus le six cent soixante-sixième faisait face au même problème mais l'invasion d'Édenia lui permettrait de relocaliser beaucoup de gens et de régler son problème de surpopulation.

D'après Melchinozer, il n'y avait que trois classes dans la société. Premièrement, il y avait les treize familles originelles qui contrôlaient entièrement la deuxième classe, c'est-à-dire les gens de l'armée et du gouvernement qui maintenaient, pour le clan Mendosus, un contrôle ferme et quasi cruel sur la troisième classe : le peuple. Sur Avinia, on observait donc une société où des lèche-cul égoïstes se faisaient une compétition féroce pour monter dans l'échelle sociale et ainsi mener une vie un peu moins triste. À la base de cette pyramide sociale, on retrouvait donc des gens ayant une vie morne et sans éclat qui, dans leur léchage de bottes quotidien, avaient presque envie de mourir rapidement en espérant se retrouver à la droite de Mendosus le premier.

Cependant, avec l'annonce de la conquête de la planète rebelle, le moral du peuple s'était amélioré, car ce grandiose projet ouvrait beaucoup de portes au sein de l'armée et du gouvernement. Pour plusieurs, ce projet représentait la lumière au bout du tunnel.

Wulbeck sut qu'il s'était retrouvé sur une île d'esclaves lors de son arrivée sur Avinia et qu'il avait travaillé dans la mine avec des prisonniers affectés à l'extraction d'un cristal géant qui servirait dans le système de propulsion d'un vaisseau spatial.

Il apprit aussi qu'en plus des races communément retrouvées sur Terre, il y avait la race verte, la race orange et évidemment la race bleue qui, bien qu'inférieure en nombre, dominait la planète. Il comprit à ce moment-là que les gens du village d'esclaves n'étaient pas malades du foie ou drôlement basanés; ils étaient de la race verte ou orange.

En plus de se rendre compte que la technologie avinienne était en tout point supérieure à celle de la Terre, Wulbeck apprit que cette technologie fut toujours développée en fonction de sauvegarder l'environnement. Sous l'emprise de Mendosus, les sources d'énergie à base de pétrole et du nucléaire ne furent jamais développées sur Avinia. Des couches minérales comportant beaucoup de cristaux et de diamants étaient les ressources énergétiques les plus importantes et étaient à la base du développement de l'énergie solaire et magnétique. Ainsi, de puissantes batteries solaires, fabriquées à partir de minuscules cristaux, furent créées pour chauffer les maisons, fournir l'électricité et alimenter tous les moteurs électriques. L'utilisation de diamants et de cristaux servirent à la fabrication des armes à rayons ioniques ainsi qu'à la création de champs magnétiques puissants permettant le voyage interstellaire.

Malgré toute cette belle technologie, il restait que l'armée de Mendosus ne serait pas prête avant une quinzaine d'années aviniennes, ce qui correspondait à l'an deux mille sur la Terre. D'après le colonel, le clan Mendosus procédera comme il l'a toujours fait dans le passé, sur cette planète; lorsqu'il aura la capacité physique et technologique de conquérir Édenia facilement, il s'amènera et s'annoncera comme le maître absolu et s'attaquera à tous les établissements religieux.

— Quiconque refusera de le reconnaître comme le maître absolu et osera adorer un dieu quelconque sera anéanti sur le champ, avait dit le colonel.

— Mais, il est malade! avait dit Wulbeck en parlant de Mendosus.

— Peut-être, avait répondu le colonel, mais il ne faut pas oublier que tous les Mendosus furent élevés dans le but de terminer l'ignoble tâche commencée par leur ancêtre. Pour eux, c'est peut-être leur seule raison de vivre. Avec le voyage interstellaire, je crois sincèrement que Mendosus ne s'arrêtera pas après Édenia et qu'il va probablement s'attaquer à d'autres planètes avoisinantes dans l'intention de gérer son propre univers local.

En entendant ceci, Wulbeck était presque tombé en bas de sa chaise. Il venait de réaliser subitement l'ampleur de la folie mendosienne et il avait laissé glisser d'une voix blanche :

— Il faut arrêter ce fou à tout prix!

CHAPITRE 9

Cela faisait maintenant quatre jours que Wulbeck était sur Avinia. Il s'était lié d'amitié avec le capitaine Androver et s'amusait à l'appeler «Andrrro» en prenant bien soin de rouler ses «r» avec un accent italien.

Dans le quartier général de la résistance, il entrevoyait souvent Aliana, la sœur d'Androver. À chaque fois qu'il la croisait dans le corridor, il en profitait pour lui offrir son plus beau sourire et lui taper un clin d'œil. Cette dernière bleuissait à tout coup (comment voulez-vous qu'une personne bleu pâle rougisse). Wulbeck, même s'il ne lui avait jamais parlé, était tombé follement amoureux d'Aliana. Jamais il n'avait vu une fille si spécialement belle; ses longs cheveux auburn étaient, selon lui, la couleur idéale pour accompagner son teint bleu pâle. Ses yeux d'un bleu foncé semblaient le transpercer à chaque fois qu'elle posait son regard sur lui. Elle avait un nez parfait : long, droit, fin, comme s'il avait été taillé dans le roc, par Michel-Ange lui-même. Une grande bouche supportant de belles lèvres sensuelles et reposant sur une mâchoire légèrement carrée complétait, selon Wulbeck, le visage de la plus belle femme de l'Univers.

Malheureusement, elle ne savait pas un mot d'anglais, mais dans son regard, Wulbeck devinait qu'il ne la laissait pas indifférente.

Donc, en ce matin de cette quatrième journée en terre avinienne, il aperçut Aliana qui sortait du quartier général. Il la suivit et lui tapa doucement sur l'épaule. Cette dernière se retourna et son visage montra immédiatement une expression de surprise, puis de timidité.

D'un geste élégant, Wulbeck montra la rue et dit :

— Je peux vous accompagner?

Il sembla qu'Aliana n'avait rien d'urgent à faire puisqu'elle accepta avec un grand sourire. Après qu'ils eurent marché quelques minutes en silence, en se regardant et en se souriant mutuellement, leurs mains se touchèrent accidentellement et Wulbeck, par réflexe, saisit doucement la main d'Aliana. Réalisant la portée de son geste aventuriste, il retira sa main en balbutiant quelques excuses à peine audibles, mais à sa grande joie, Aliana lui reprit tendrement la main, ce qui eut un effet cénesthésique quasi immédiat sur tout l'être de Wulbeck. Ainsi, main dans la main, le jeune couple déambula dans les petites rues d'Avin City pendant une heure, jusqu'à ce qu'il retourne à leur point de départ. Une fois en face du bâtiment, Aliana mima à Wulbeck qu'elle devait partir. En guise d'au revoir, Aliana s'approcha de Wulbeck pour lui faire la bise, mais ce fut plus fort qu'eux, leurs lèvres firent contacts. Dans ses bras puissants, Wulbeck la serra passionnément contre lui. Pendant de longues minutes, ils restèrent ainsi, subjugués par l'amour envahissant leurs âmes. Finalement, Aliana se défit doucement de son étreinte et, à contrecœur, elle l'abandonna. Il la regarda jusqu'à ce qu'il la perde de vue et, le cœur gonflé d'amour, il retourna à l'intérieur.

Pour le reste de la matinée, il passa son temps avec Androver à réfléchir à sa situation. À toutes les heures, sans exception, les mêmes pensées trottaient dans la tête de Wulbeck :

«Qu'est-ce que je peux bien faire ici? Pourquoi le gourou m'a-t-il envoyé ici? Pourquoi moi?»

Il avait beau examiner la situation dans tous les sens, il ne voyait pas en quoi il pouvait être utile à la résistance. Premièrement, selon Wulbeck, ce n'était pas une résistance, seulement une petite secte gardant intact le souvenir du triste sort dont fut victime Avinia. Certes, dans le futur, ils pourraient, sans aucun doute, être indispensables aux dirigeants terrestres dans leur lutte contre l'envahisseur mais en ce moment, leur faible nombre les empêchait de mener une quelconque lutte contre le dictateur établi. La seule aide que Wulbeck pouvait leur apporter était d'expliquer en détail au colonel Melchinozer les infrastructures de la vie sur Édenia. De cette façon, une fois sur Édenia, ils sauraient où aller et à qui s'adresser pour commencer leur lutte contre Mendosus.

Donc, en ce moment, il n'avait pas l'intention d'apprendre l'avinien ni de mourir sur Avinia. Il n'avait qu'une seule idée en tête et c'était de retourner sur Édenia, c'est-à-dire sa chère Terre.

— Andrrro, fit Wulbeck, comme tu es un des bons pilotes dans la flotte de Mendosus, j'ai le privilège de t'annoncer que je t'ai choisi pour me ramener sur Édenia.

À l'annonce de cette nouvelle, Androver s'étouffa avec la tisane chaude qu'il était en train d'ingurgiter et réussit à sortir quelques mots :

— Hum! Hum! tu rigoles! Tu sais que je ne possède pas de vaisseau.

— On va simplement en emprunter un à notre ami Mendosus, répondit Wulbeck le plus sérieusement du monde.

— C'est impossible, rétorqua Androver.

— Le mot «impossible» ne fait pas partie de mon vocabulaire, répliqua Wulbeck.

— Facile à dire, répondit sceptiquement Androver.

— Si on s'assoit et qu'on pense à notre affaire, tu verras qu'il y a sûrement un moyen de subtiliser un vaisseau spatial à Mendosus et de me ramener sur Terre, fit Wulbeck.

— Ouais, tu as peut-être raison, admit faiblement Androver.

— Sûr que j'ai raison, insista Wulbeck. T'es-tu déjà demandé ce que moi, un édenien, vivant à je ne sais combien d'années-lumière d'ici, je faisais sur cette fichue planète.

— Je me suis posé la question maintes fois, reconnut Androver.

— Je ne sais pas si mon gourou est mêlé à une quelconque rébellion sur Édenia ou dans le monde éthérique entourant Édenia mais je sais au moins une chose, c'est qu'il doit bien y avoir une raison expliquant ma présence sur Avinia, dit Wulbeck comme s'il pensait tout haut.

— Tu as probablement raison, approuva Androver.

— Eh bien, cette raison n'est pas d'attendre une quinzaine d'années ici pour avoir une chance de retourner sur ma planète, mais bien de m'y rendre tout de suite pour avertir mon peuple du danger qui le menace avant que Mendosus nous anéantisse! dit Wulbeck d'une voix déterminée.

— Hum! ce que tu dis est plein de bon sens, approuva Androver. Tu es arrivé sur cette planète par un moyen inconnu qui tient du mysticisme et cela doit être interprété comme un signe.

— Oui! C'est ça! C'est le signe indiquant qu'il serait temps que l'on mette des bâtons dans les roues de Mendosus, renchérit Wulbeck, tout excité.

— Surtout, ajouta Androver, que tu fais partie des survivants du premier avion à propulsion électromagnétique à s'écraser en vingt ans!

— Tu vois? Voilà un autre signe!

— Oui, c'est peut-être le temps de lui nuire, fit Androver d'un air soucieux.

— Vas-tu m'aider? demanda Wulbeck d'un ton pressé.

— Si..., euh... oui..., je ne sais plus. Il faut que j'en parle au colonel, répondit Androver.

— Écoute, fit Wulbeck posément, toi qui rêvais de visiter une planète habitée, voilà ta chance. Dis-toi aussi que tu le feras pacifiquement. En plus, tu pourras m'aider à convaincre mes frères qu'Édenia court un grand danger. Quand ils verront ta peau bleue ainsi que ton vaisseau spatial, ils n'auront aucun problème à nous croire.

Puis Wulbeck se leva, regarda au ciel et dit d'une voix exaltée :

— Ah! quelle tête ils feront! Nous serons des héros!

Les deux mains derrière la tête, Androver s'enfonça dans sa chaise, mit ses pieds sur la table et contempla le plafond.

— Je dois avouer que l'idée me plaît beaucoup... beaucoup même, dit-il avec un sourire qui en disait long.

— C'est sûr que l'idée t'intéresse, renchérit Wulbeck. C'est une chance unique pour nous deux de goûter à une aventure extraordinaire, et pour une fois depuis des siècles, votre mouvement de résistance fera quelque chose de significatif.

Androver ne répondit pas, il semblait absorbé dans ses pensées. Wulbeck le regardait avec une sourire et savait qu'il venait de vendre son projet à son compagnon.

— Est-ce que les vaisseaux spatiaux sont bien gardés? demanda Wulbeck.

— Tu veux dire plutôt : «Est-ce qu'*il* est bien gardé?» rectifia Androver. Il n'y a qu'un seul vaisseau à l'aéroport militaire d'Avin City; il s'appelle le *Sinkatis*, ce qui peut se traduire par «Le Grand Voyageur». Il y en a trois autres semblables sur la planète et plusieurs autres en construction. Si nous n'avons que quatre vaisseaux en service, c'est à cause d'un détail technique; ça prend de gros cristaux pour générer l'énergie nécessaire au voyage interstellaire. Ces cristaux sont assez rares à trouver et difficiles à extraire. Mais ça tu le sais, tu as fait un séjour à la mine. En ce qui a trait au *Sinkatis*, ne t'inquiète pas, il est prêt. Nous nous sommes rendus plusieurs fois sur votre planète et je dois t'assurer qu'il fonctionne très bien.

— Est-ce qu'il est bien gardé? demanda encore une fois Wulbeck.

— Son accès est évidemment interdit au public mais on ne peut vraiment affirmer qu'il soit excessivement bien gardé. Tu sais, notre planète ne possède aucun ennemi et Mendosus croit la résistance éteinte depuis bien longtemps, nous n'avons donc aucune raison de défendre ou de protéger nos secrets contre qui que ce soit, expliqua Androver.

— Alors, faisons-le, subtilisons ce *Sinkatis* et ramène-moi à la maison. Je t'en supplie, implora Wulbeck.

— Ah, ça serait fantastique de se pousser avec le *Sinkatis*, le fleuron de la flotte intergalactique de Mendosus.

Androver se leva d'un trait et dit :

— Je m'en vais de ce pas parler à mon oncle et lui demander son avis. J'espère qu'il sera réceptif à ton idée. Prions le Tout-Puissant! s'écria-t-il en sortant de la pièce à la hâte.

*

Le colonel Melchinozer fronça les sourcils, prit une grande respiration et lâcha :

— Je n'y avais pas pensé mais je dois avouer que l'idée est bonne, voire même réalisable depuis que Wulbeck est parmi nous.

— Pourquoi? demanda simplement Androver.

— Imaginons un instant que nous ayons déjà évalué la possibilité de nous rendre sur Édenia. Qu'aurions-nous fait une fois rendus en orbite autour d'Édenia? On ne peut entrer dans son atmosphère ou atterrir à la surface de la planète sans vraiment causer un certain émoi. On ne sait pas comment les habitants réagiraient et on ne sait pas si ces gens sont des barbares. Oh! il est possible que nous n'aurions eu aucun problème à communiquer avec eux mais rien n'est garanti. Cependant, avec Wulbeck c'est une tout autre histoire.

— Tu as entièrement raison, fit Androver, cela sera beaucoup plus facile avec lui, un militaire, par surcroît.

— Si nous réussissons, les édeniens viendraient sur le vaisseau et nous discuterions de stratégie en vue de l'inévitable affrontement avec les troupes de Mendosus.

— En parlant de vaisseau, je dois t'avouer que l'idée qu'un tel vaisseau se retrouve entre les mains de ces édeniens ne me plaît guère. Est-ce que ces gens sont assez évolués pour recevoir une collaboration technologique qui les aiderait à se défendre contre Mendosus? Encore une fois, est-ce que ces gens sont des barbares? Jusqu'ici, il n'y a rien qui prouve que ces gens ne sont pas plus fous que Mendosus. À écouter Wulbeck, il semble qu'il y a toujours eu la guerre sur cette planète. Depuis mille ans, je crois qu'ils n'ont connu que quelques jours de paix sur la planète entière. Il semblerait qu'il y ait toujours un peuple qui se bat contre un autre, c'est inouï! Cependant, il ne faut pas oublier que cette planète, tout comme Avinia, fut plongée dans la noirceur. Imagine-toi, juste un instant, que le secret du voyage interstellaire tombe dans les mains de ces fous belliqueux. Vont-ils se mettre à parcourir l'espace à la recherche de nouveaux trésors pour soutenir leur illogique tendance à chercher la béatitude éternelle dans un monde matériel? Par contre, si on ne les aide pas, des milliards d'êtres humains perdront la vie, et ce, à cause de la folie de Mendosus. On n'a pas le choix, il faut leur apporter une aide technologique. Une chose est certaine, il faut améliorer leur système radar et, chaque fois que tu fais avancer leur science, assure-toi que chacun des pays disposés à combattre Mendosus reçoive cet avancement technologique. Tu vois, c'est peut-être notre destinée d'interférer dans les plans de Mendosus et peut-être que Wulbeck est le signe qu'il doit en être ainsi. Je commence à penser que Wulbeck a raison : il est temps de réorienter les objectifs de notre résistance et il faut absolument avertir les édeniens du danger qui les menace avant que l'invasion ne commence.

— Oui, ça doit être un signe que c'est le temps d'agir pour nous, répondit simplement Androver.

— Va, voyage parmi les étoiles et ce qui arrivera, arrivera! Un point c'est tout. Rendu là-bas, fais ce que tu veux avec le vaisseau et notre technologie. De toute façon, pendant le voyage, Wulbeck et toi aurez quelques semaines pour penser à tout ça. Je sais que vous allez réussir. Mon cher neveu, tu vas me manquer. Tu sais, lorsqu'on se reverra, ce sera en des circonstances beaucoup plus troubles, fit sombrement le colonel Melchinozer.

— Oui, je sais, mais au moins à ce moment-là nous combattrons Mendosus ensemble, ce que nous avons toujours rêvé de faire, dit fièrement Androver.

En entendant son neveu, Melchinozer eut un regain de vie et lança :

— Oui, et sa défaite sera le couronnement de toutes ces années d'efforts à maintenir en vie la résistance, mise sur pied par nos lointains ancêtres. Va chercher Wulbeck maintenant, nous allons discuter affaires!

CHAPITRE 10

—   De quoi ai-je l'air? demanda Androver en rentrant dans la pièce en compagnie de sa sœur, Aliana.

Le colonel Melchinozer et Wulbeck écarquillèrent les yeux en apercevant Androver.

—   Tu es un tout autre homme, s'exclama le colonel. On dirait presque Slonover. Tu ne possèdes pas un aussi gros nez, mais ça va faire l'affaire. L'important, c'est qu'il leur soit impossible de te reconnaître avec leurs écrans témoins. Aliana a fait du bon travail avec ton déguisement.

Le déguisement du capitaine Androver risquait d'être le seul point faible du plan mis sur pied par les trois hommes pour subtiliser le *Sinkatis*. Puisque le capitaine Slonover était l'homme désigné pour piloter le *Sinkatis*, le lendemain après-midi, les trois hommes avaient donc décidé de passer à l'action immédiatement. La chance leur avait quelque peu souri puisque Slonover était de race bleue. Pour imiter Slonover, il ne restait qu'à teindre les cheveux d'Androver de couleur brune et à lui poser une moustache.

—   Quand partons-nous? demanda Wulbeck, tel un enfant qui attend impatiemment le départ pour le parc d'amusement.

—   Nous avons le temps de prendre ensemble un dernier bon repas, répondit le colonel. En plus, ce repas nous calmera les nerfs et ça vous permettra de revoir, une dernière fois, votre stratagème.

Les trois hommes se levèrent et se dirigèrent vers la cuisine, où il eurent l'agréable surprise de voir plusieurs membres de la résistance qui leur avaient préparé une mini-réception d'adieu. Le souper se fit dans un air de fête, ce qui aida Androver et Wulbeck à se relaxer.

À plusieurs reprises, Wulbeck et Aliana se regardèrent longuement en silence. Un sentiment de tristesse, d'isolement et d'abandon les envahit tous les deux, sans qu'ils puissent réagir. Submergée par une passion incontrôlable, Aliana, chancelante, se précipita hors de la salle à manger. Discrètement, Wulbeck fit de même. Les gens autour, occupés à célébrer, ne se rendirent compte de rien. Dans le corridor, Wulbeck rattrapa Aliana qui marchait d'un pas rapide, en sanglotant. Elle se retourna et Wulbeck lui donna un ardent baiser. Aliana, toujours en pleurs, se libéra de cette étreinte, se réfugia dans une pièce et y ferma la porte.

En l'espace d'un instant, Wulbeck réalisa qu'il ne s'était jamais rendu compte combien leur séparation serait pénible et douloureuse. N'écoutant que son amour envers Aliana, Wulbeck se précipita vers la pièce et, oubliant les conséquences, enivré par la passion, entra dans la chambre comme un coup de vent et claqua la porte derrière lui...

*

Androver finissait de déguster sa tisane lorsqu'il s'aperçut que Wulbeck n'était plus dans la cuisine. Comme ils devaient partir dans moins d'une heure, il laissa la table pour voir si tout allait bien du côté de Joey. Au bout de quelques minutes de recherche, il vit sa sœur et Wulbeck sortir d'une pièce en se tenant par la main. Androver poussa les traditionnels toussotements, ce qui eut pour effet de geler sur place les deux tourtereaux. Réalisant son erreur, Androver se retourna aussitôt et marcha d'un pas rapide vers la cuisine.

Une fois le dîner terminé, Androver et Wulbeck complétèrent leurs préparatifs et revinrent dans la salle à manger.

— Je vois que ton équipement est prêt, constata le colonel en voyant Wulbeck entrer dans la salle.

En fait d'équipement, Wulbeck apportait un coffre d'outils puisqu'il se ferait passer pour un technicien accompagnant le capitaine Slonover à bord du *Sinkatis* pour un test de routine.

— Partons! Il ne nous reste plus grand temps, ne soyons pas en retard, fit Androver.

En effet, ils avaient prévu arriver à l'aéroport militaire juste avant le changement de quart. Selon eux, c'était le meilleur moment pour s'approcher du vaisseau sans trop rencontrer d'embûches; les hommes ayant fini leur quart de travail ont hâte de rentrer à la maison et ceux qui commencent ne pensent qu'à prendre leur premier café.

«C'est partout pareil» n'avait pu s'empêcher de penser Wulbeck.

Comme l'aéroport militaire et l'aéroport civil utilisaient les mêmes pistes d'atterrissage — les bâtiments de chaque aéroport étant situés à chaque extrémité des pistes — ils avaient décidé d'approcher le côté militaire en commençant par l'aéroport civil. En se rendant à la base militaire par les pistes, ils court-circuitaient ainsi plusieurs points de contrôle.

Le colonel débarqua le duo ainsi qu'un autre membre de la résistance à l'aéroport public une quinzaine de minutes avant le changement de quart. Ce membre de la résistance s'appelait Bildover. C'était un vieil homme travaillant comme concierge à l'aéroport et, à cause de cela, il fut choisi pour participer à l'opération. C'était un homme petit, robuste, aux cheveux noirs teintés de gris. Le colonel leur souhaita bonne chance et donna de chaleureuses accolades à Wulbeck et à son neveu. Il regarda le trio entrer dans le bâtiment central de l'aéroport avec tristesse. Bildover emmena Androver et Wulbeck dans la partie arrière du bâtiment, où le public n'a aucun accès. Ils traversèrent l'arrière du building sans qu'aucun des employés ne leur prête attention et, en quelques minutes, ils furent sur la piste, entourés de toutes sortes d'avions. Bildover trouva un petit tracteur, le fit démarrer et l'apporta à ses amis.

— Bon, il faut que je vous quitte, j'ai quelques messages à envoyer, dit Bildover, en avinien. Bonne chance et bon voyage!

Androver prit les commandes du tracteur et le dirigea vers l'avant en prenant bien soin de longer le gros édifice.

— Tu ne coupes pas au travers? questionna Wulbeck en pointant directement vers la base militaire.

— Non, en passant par la piste, on pourrait éveiller des soupçons à la tour de contrôle et on ferait de même en approchant l'autre tour de contrôle du côté militaire. Il y a un chemin qui fait le tour de la base. C'est le chemin emprunté par les gardes lorsqu'ils effectuent leurs rondes et, comme je te l'ai déjà expliqué, les gardes ont sûrement commencé leur nuit par une bonne tasse de café et on ne risque pas de rencontrer une patrouille.

«Il faut que je me retrouve à des années-lumière de la Terre pour être en mesure de dire ceci : plus on va loin, plus c'est pareil», se répéta Wulbeck.

Comme l'avait prévu Androver, ils ne rencontrèrent aucune personne sur la route du périmètre de la base. En approchant de la base, Androver quitta la petite route et emprunta une rampe d'accès réservée habituellement aux avions pour se rendre aux diverses pistes de décollage. En quelques minutes, qui lui parurent une éternité, Androver emmena le tracteur sur une piste à l'arrière d'un édifice militaire. Maintenant, tout ce qu'il espérait c'était que sa dernière manœuvre n'ait pas éveillé la curiosité du contrôleur militaire en devoir. Comme la base d'aviation militaire est théoriquement fermée pour la nuit et que le contrôleur n'était en devoir que pour les cas d'urgence, il gardait tout de même espoir que ce dernier se jouait dans le nez en sirotant son premier café de la nuit.

Androver regarda sa montre et dit :

— Nous sommes à l'heure, c'est-à-dire que c'est le changement de quart; cette merveilleuse zone grise où personne ne pense au travail. Dépêchons-nous de nous rendre au vaisseau. Il faudra, malheureusement, passer par l'intérieur pour se rendre au *Sinkatis*. Il est de l'autre côté, en plein centre de plusieurs bâtiments.

Wulbeck suivit son compagnon sans dire un mot. Ils entrèrent dans un hangar où reposaient plusieurs avions futuristes qui, aux yeux de Wulbeck, ne pouvaient qu'être des avions de chasse. Ces avions étaient beaucoup plus petits que les avions américains.

— Le *Sinkatis* peut en transporter plusieurs comme ceux-ci, dit Androver en désignant les avions, et ils sont supérieurs aux vôtres, ajouta-t-il.

— J'ai presque le goût d'en visiter un, fit Wulbeck.

— Malheureusement, ce n'est pas le temps, répondit son compagnon.

Une fois le hangar traversé, ils se retrouvèrent dans un édifice à bureaux qui semblait désert. À quelques reprises, ils passèrent devant des salles d'où émanaient des voix. Il faut dire que cette armée ne possédant aucun ennemi était en pleine croissance et se préparait pour une grande guerre. La plupart des gens en devoir cette nuit-là, étaient des recrues; c'est

Androver qui l'avait dit et cela avait rassuré Wulbeck.

— Voici la dernière porte avant de se rendre au vaisseau, dit Androver.

En effet, Wulbeck apercevait la porte ainsi qu'un garde assis derrière un comptoir. À la vue de ce garde, le cœur de Wulbeck se mit à battre violemment contre sa poitrine.

«J'espère que je ne parais pas trop nerveux, ce n'est pas le temps de craquer sous la pression, prends une bonne respiration et calme-toi», se dit Wulbeck.

À l'approche du capitaine, le militaire se leva, sortit de derrière le comptoir et salua Androver. C'était un jeune militaire, petit et trapu, de race orange. Son nez aplati et son uniforme trop grand, comme s'il allait perdre ses culottes d'un moment à l'autre, lui donnaient une allure plutôt comique.

Androver s'approcha du garde et dit en avinien, avec un air un peu fendant :

— Bonsoir, jeune homme, vous n'êtes pas en train de jouer aux cartes comme tous les autres? Mettez-vous à votre aise. Quel est votre nom?

— Fantassin Bascchuw, mon capitaine, répondit le jeune garde en passant du garde-à-vous à une position debout plus relâchée.

— Bon, je suis le capitaine Slonover, fit Androver d'un air pompeux. Je sais que vous me connaissez déjà; ce technicien et moi-même devons nous rendre sur le *Sinkatis* pour une petite vérification de dernière heure. Est-ce que vous pouvez déverrouiller la porte?

Professionnellement, le jeune garde regarda son rapport de nuit et dit de façon gênée :

— Pour votre information, mon capitaine, il n'y a aucune vérification de prévue sur le *Sinkatis* avant demain midi.

— Ce n'est pas pour midi, c'est pour minuit! Il doit y avoir une erreur, répondit Androver, d'un ton agacé.

— Vous avez sûrement raison, mon capitaine, je vais seulement vérifier avec la tour de contrôle et...

Androver devint bleu foncé de colère et dit d'un ton menaçant :

— Un instant, jeune homme, creusez vos méninges; le vol est prévu pour trois heures, ne croyez-vous pas que midi est un peu tard pour faire une vérification? Continuez de réfléchir comme cela et vous allez rester simple fantassin toute votre vie. Vous faites vraiment honneur à la race orange. Quel est votre nom déjà?

— Bba...Bascchuw, balbutia le jeune garde en leur ouvrant la porte.

D'un ton plus calme, Androver remercia le jeune homme en lui indiquant qu'il avait hâte de finir ce travail pour être au lit le plus rapidement possible afin d'être frais et dispos pour le vol du lendemain. Le jeune garde referma la porte en poussant un long soupir de soulagement.

Maintenant, devant leurs yeux, se trouvait le *Sinkatis*!

— Wow! s'exclama Wulbeck avec émerveillement, comment une chose si énorme peut-elle bien quitter le sol?

— Joey, je te présente le *Sinkatis*, un des premiers vaisseaux aviniens capable de voyager à la vitesse interstellaire. Il a maintes fois fait le trajet Avinia-Édenia. Il y en a une dizaine comme celui-là en préparation. Dans un an, un cinquième vaisseau comme lui sera prêt pour prendre son envol. Tu sais, le *Sinkatis* n'est pas vraiment prêt pour la guerre. Il reste encore quelques années de tests avant de pouvoir transporter des troupes sur Édenia.

Wulbeck aurait aimé prendre quelques minutes pour admirer le vaisseau mais Androver se mit à courir et il n'eut d'autre choix que de le suivre. De ce qu'il put apercevoir, le vaisseau couvrait au moins la superficie d'un stade de foot-ball et, en son centre, le point le plus élevé devait faire au moins cinq étages de haut. Le vaisseau ressemblait à un énorme scarabée gisant sur le dos. De chaque côté, à l'arrière, il y avait deux boules de cristal semblables à celle de la mine. Elles étaient chacune maintenues dans les airs par de grosses pattes, ce qui amena Wulbeck à penser :

«On devrait plutôt l'appeler *Scarabis Barbequis*, le Scarabée B.B.Q., au lieu de *Sinkatis*.

Les deux hommes arrêtèrent leur course au centre du vaisseau, devant une porte qui s'ouvrit après qu'Androver eut pianoté un quelconque code sur celle-ci. Wulbeck ne fut pas surpris de se trouver dans un ascenseur mais il le fut lorsque l'ascenseur se mit à monter, non pas à la verticale, mais en diagonale et en se dirigeant vers l'avant du vaisseau. De plus, l'ascenseur démarra si vite que Wulbeck en perdit l'équilibre. Puis, la porte s'ouvrit sur une grande salle qui ne pouvait être que la cabine de pilotage ou plutôt un poste de commandement. Se sachant surveillé par les caméras du contrôleur, Androver se dirigea vers un siège et poussa plusieurs boutons à la fois. De son côté, Wulbeck commença son petit théâtre; il ouvrit un panneau dans le mur et y brancha quelques fils. Wulbeck sentit une énorme vibration qui s'atténua rapidement pour laisser place à un vrombissement régulier. Androver quitta son siège, s'approcha de Wulbeck et dit à voix basse comme si les murs avaient des oreilles :

— Le champ magnétique vient d'être engagé. Les cristaux vont commencer à s'illuminer légèrement et c'est à ce moment-là que la tour de contrôle pourrait se poser des questions.

En attendant que les cristaux se réchauffent, nos deux voleurs se tenaient debout devant le panneau à regarder des appareils de diagnostic. Pour le contrôleur aérien, il n'y avait rien d'anormal, ce n'était qu'un autre de ces innombrables tests sur l'équipement.

À un moment donné, Androver regarda sa montre, donna un léger coup de coude à son compagnon, fit un clin d'œil et dit :

— C'est le temps!

Androver retourna à son siège et dit en avinien :

— Capitaine Slonover à tour de contrôle; demande permission de stabiliser le vaisseau à trois cents mètres d'altitude.

— Ici tour de contrôle, message reçu, attendre autorisation, s'il vous plaît, répondit le contrôleur, tel un automate.

Androver regarda ses écrans moniteurs et rien n'indiquait que l'alerte avait été donnée.

— Euh... tour de contrôle à capitaine Slonover. Sur ma feuille de nuit, il n'y a rien indiquant que vous feriez un test et surtout que vous quitteriez le sol, fit poliment le contrôleur.

— Comment? fit Androver, alias Slonover, en feignant la colère. Avez-vous reçu la notification? Je parie que vous n'avez même pas vérifié votre ordinateur en commençant votre quart de travail. Réveillez-vous! Vérifiez votre ordinateur, j'ai assez perdu de temps comme ça. Grouillez!

— À vos ordres, un instant, mon... mon capitaine... tout de suite! balbutia le contrôleur, plus que mal à l'aise.

Androver attendit environ trente secondes et fit un grand sourire de satisfaction. Le vieux Bildover avait bien fait son travail. En tant que concierge, Bildover possédait un passe-partout lui donnant accès à presque toutes les pièces de l'aéroport civil. Il s'était ainsi introduit dans plusieurs bureaux et avait envoyé de nombreux messages au contrôleur militaire.

Donc, Androver en profita pour amener le *Sinkatis* à trois cents mètres d'altitude. Le gros vaisseau se stabilisa et Androver le fit tourner en direction des montagnes. Androver faisait avancer le vaisseau lentement. De cette façon, les deux gros cristaux émettaient peu de lumière. Le silence de la part du contrôleur indiquait que tout se passait comme prévu.

Pendant ce temps, le contrôleur lisait son onzième message et le *Sinkatis* s'éloignait toujours un peu plus de la base. Il se trouvait assez loin maintenant pour qu'on ne puisse plus le distinguer correctement de la tour de contrôle. Ses deux gros cristaux roses se confondaient maintenant avec les lumières de la ville. Après avoir terminé de lire le douzième et dernier message, le contrôleur se retourna vers ses écrans moniteurs et vit Wulbeck se gratter la tête devant ses appareils de diagnostic. Puis il regarda Androver bâiller, les jambes croisées et les mains derrière la tête.

— Euh... capitaine Slonover, fit le contrôleur d'une voix douce, de peur de le déranger.

Androver fit semblant de sursauter. Puis il s'approcha de son écran moniteur comme s'il voulait fixer le contrôleur dans le blanc des yeux et dit avec un sourire sarcastique :

— Vous en avez mis du temps! Un peu plus et je dormais.

— Capitaine Slonover, je sais que vous avez raison mais je dois vous informer que je n'ai rien ici qui m'indique que le *Sinkatis* devait quitter le sol cette nuit et...

Androver vit le visage du contrôleur changer de couleur et ses yeux, presque sortir de sa tête. Le contrôleur jeta un coup d'œil sur son radar dans le but de repérer le vaisseau et dit d'un ton incertain :

— Capitaine Slonover, n'abusez pas de votre autorité, vous savez aussi bien que moi qu'il vous fallait mon autorisation pour faire voler le *Sinkatis*. Je vais être dans l'obligation de faire un rapport sur cet incident.

Androver coupa la communication et cria :

— Joey! arrête ton manège, viens t'attacher, c'est l'heure du départ!

Une fois bien attaché, Androver pesa sur un bouton et Wulbeck se sentit écraser dans son siège. À ce moment-là, les cristaux du *Sinkatis* devinrent incandescents instantanément, éclairant le ciel à l'horizon, ce qui attira l'attention du contrôleur. Celui-ci vit au loin le *Sinkatis* monter de façon vertigineuse vers le ciel, courut vite vers son écran témoin et dit cette fois d'un ton plus sévère :

— Où allez-vous? Je ne vous ai pas donné l'autorisation. Revenez immédiatement à la base... Capitaine Slonover, j'attends votre réponse.

Après trente secondes de silence, le contrôleur eut soudain un flash. Est-ce qu'on était en train de subtiliser le *Sinkatis*? Pour le contrôleur, cette dernière hypothèse tenait presque de l'impossible. Qui aurait pu commettre un tel affront à l'armée de Mendosus? Ne pouvant répondre à aucune de ces questions, le contrôleur se résigna de nouveau à appeler le *Sinkatis* :

— Tour de contrôle à *Sinkatis*, répondez! Vous avez cinq secondes...

Le court laps de temps écoulé, le contrôleur donna l'alerte générale. Il était trop tard, le *Sinkatis* quittait déjà la stratosphère et serait bientôt en mesure d'engager la vitesse interstellaire.

CHAPITRE 11

Wulbeck se trouvait dans un état tellement euphorique qu'il avait peine à contenir ses émotions. Il expérimentait une joie inexplicable qui devenait du même coup inexprimable. Il se sentait prêt à bondir de joie et, en même temps, il était incapable de bouger ou de sortir quelque son que ce soit. Il était simplement là, immobile, avec un sourire presque stupide, tel une statue de cire, à témoigner de la situation psychique et physique qui l'entourait. Son esprit ne fonctionnait plus, ne créait aucune pensée : c'était le bonheur total. Wulbeck sortit de sa léthargie lorsqu'il entendit le cri de victoire lâché par son compagnon :

— Ooooouhou! On a réussi! Dans quelques semaines, on sera chez toi, ooooouhou!

En entendant cela, Wulbeck laissa aller un rire béat, se leva et donna l'accolade à Androver. Ce dernier dit alors :

— C'est le temps de déguerpir d'ici, je vais engager la vitesse interstellaire.

Androver courut vers la console et se mit à tapoter sur un clavier. De son côté, Wulbeck se dirigea vers l'énorme hublot à l'avant de la cabine pour contempler le spectacle qui s'offrait à lui. De chaque côté, il y avait les deux lunes d'Avinia dont il ne connaissait même pas les noms et tout droit devant, le cosmos et ses milliers d'étoiles. En ce moment, il était en train d'effectuer l'ultime voyage, ce que tout homme aventurier rêve de faire, au moins une fois dans sa vie : voyager parmi les étoiles. Subitement, Wulbeck sentit une petite vibration qui alla en s'accentuant. Les étoiles autour de lui se mirent à avancer vers lui en se balançant de haut en bas et ce phénomène se produisait de plus en plus rapidement. De chaque côté de la cabine, les étoiles laissèrent une traînée de lumière formant une onde sinusoïdale, comme on en voit sur un oscilloscope. Puis la hauteur des crêtes s'amenuisa pour finalement ne laisser qu'un mince filet de lumière derrière chaque étoile. Wulbeck savait maintenant que le vaisseau allait vite, très vite, et que cela signifiait le retour à la maison.

«Ah! la Maison, la Terre, Édenia», pensa-t-il en soupirant.

Wulbeck se rendit soudain compte qu'il ne se sentait plus seulement un Américain, il était un Terrien, un Édenien. Ce petit périple sur Avinia avait changé sa vision des choses. Ce qui l'amena à penser :

«Mais quelle histoire cela fera sur Terre! Quelle tête ils feront en apercevant le vaisseau et surtout mon copain bleu pâle! Nous serons des héros, des vedettes, mais aussi... des prophètes de malheur. Une chose est certaine, l'histoire de Mendosus et de l'invasion imminente de la Terre ne sera pas un secret d'état mais l'affaire de tous les journaux du monde entier. Il faudra faire trembler l'ONU dans leurs bottines et forcer tous les pays du globe à s'entraider au lieu de se battre continuellement. Ils vont peut-être réaliser que toutes nos stupides guerres à cause des religions, des couleurs de peau, du pétrole et des idéologies politiques ne sont que des enfantillages comparativement à ce qu'ils devront affronter dans un proche avenir. C'est peut-être un mal pour un bien. Il est possible que la venue d'un vrai antéchrist sur Terre va unifier la planète, au point d'y retrouver, un jour, la paix totale.»

Ses pensées furent interrompues par un changement de bruit dans la cabine. Le vrombissement régulier et omniprésent, jusqu'à ce moment, changeait de tonalité et s'amoindrissait. Il se retourna vivement vers Androver et vit dans son regard que quelque chose clochait.

— Le vaisseau s'arrête, hein? fit Wulbeck d'une voix blanche.

Androver ne répondit pas et courut vers le poste de commandes. Il se mit à pianoter frénétiquement sur les commandes de contrôle, tel un héroïnomane en manque qui cherche sa drogue et ses seringues dans un tiroir en désordre.

— Le vaisseau ne répond plus! hurla Androver de colère. Il se mit à taper du pied et lâcha quelques jurons en avinien dont la censure ne permettrait pas la traduction.

Une fois calmé, Androver ajouta :

— Il doit y avoir un système d'autoguidage qui est contrôlé de la planète. Ce système semble prédominer sur tous les contrôles. Je suis incapable de reprendre les commandes. Nous retournons sur Avinia.

Au son de cette dernière phrase, Wulbeck sentit ses genoux faiblir et alla s'asseoir, tout décontenancé, dans un coin de la cabine pour réfléchir.

De son côté, Androver continua à penser tout haut :

— Je ne le savais pas, aucun pilote ne le savait.

— Nous sommes dans de beaux draps, laissa tomber Wulbeck.

— Nous retournons à une vitesse de croisière assez lente, constata Androver. À ce rythme, nous serons de retour sur Avinia dans environ huit heures.

— Ça nous donne assez de temps pour choisir une méthode de suicide, fit Wulbeck en riant jaune, pour ajouter ensuite d'un ton plus sérieux :

— Peux-tu débrancher ce système?

— Je ne sais pas du tout, je ne suis pas un technicien. Il n'y a rien à faire, l'ordinateur contrôle maintenant le vaisseau. Il faudrait modifier le programme et ceci m'est impossible, dit Androver d'un air déconfit.

— Il doit y avoir un code, un mot de passe qui va te redonner le contrôle de ce maudit vaisseau de merde, tempêta Wulbeck.

— Sûrement, agréa Androver, mais les chances de trouver le bon code sont plus que faibles; elles sont inexistantes.

— Qu'avons-nous à perdre?

— Tu as peut-être raison, répondit Androver, d'un ton peu convaincu. Il s'installa devant l'ordinateur de bord et pendant une heure il essaya d'avoir accès à l'ordinateur central. Ce fut sans succès car à chaque tentative l'ordinateur répondait immanquablement «ACCÈS REFUSÉ».

— J'abandonne, laissa tomber Androver. Essaie si tu veux, moi je vais attendre qu'on nous cueille comme des papillons.

— Andro! fit Wulbeck, je suis désolé. C'est de ma faute, je n'aurais pas dû t'entraîner dans cette stupide aventure. Que va-t-il nous arriver?

— On va simplement nous envoyer dans les mines mais pas avant de nous soumettre à un traitement hypnotique où je dévoilerai tous les secrets concernant la résistance. Ensuite ce sera la traditionnelle séance de tatouage au laser avec, cependant, une petite variante. À l'aide de la chirurgie, on nous installera un bidule au cerveau qui fonctionnera de concert avec notre tatouage. Ce gadget nous donnera la migraine constamment et si nous tentions de nous échapper des mines, les Six-Six-Six nous retraceraient immédiatement en plus de nous envoyer un violent mal de tête qui nous figerait sur place. Nous serons constamment sous étroite surveillance afin que nous ne nous suicidions jamais.

— On va se battre, jusqu'à la fin, intervint sévèrement Wulbeck. Pour moi, il n'est pas question que je me rende. Je me bats jusqu'à la mort ou je sors vivant et libre de ce merdier! Est-ce qu'il y a des bombes et des armes dans ce vaisseau?

— Euh... oui, fit Androver d'un air soupçonneux. Qu'as-tu derrière la tête?

— Nous sommes maintenant des terroristes! annonça Wulbeck avec un sourire démoniaque.

— Des terroristes?

— Oui, nous, Terriens, sommes passés maîtres dans cet art. Sur notre planète, nous avons des conducteurs de chameaux qui sont d'excellents professeurs.

— Des conducteurs de chameaux?

— Oublie ça, je t'expliquerai un jour, fit Wulbeck comme s'il était assuré de sortir vivant de ce pétrin.

— Nous prendrons ce vaisseau en otage, poursuivit-il et... et après, on verra bien.

— Pourquoi veux-tu faire ça? demanda Androver.

— Tu m'as dit que c'était le seul vaisseau qui soit prêt pour le voyage interstellaire. Je suis sûr qu'ils ne seront pas intéressés à le perdre. Au lieu de nous rendre bêtement, profitons donc de cette situation pour gagner du temps. Cela nous sera sûrement utile et nous augmenterons nos chances de rester en vie. Une chose est certaine, ça laissera le temps à ton oncle et à la résistance de couvrir leurs arrières. Comme ils l'avaient prévu, ils pourront faire sauter ta demeure et simuler du même coup ta disparition. De notre côté, on ne peut demander l'asile politique puisque la planète entière appartient à Mendosus. De toute façon, on marchandera quelque chose. Aurais-tu des solutions à me proposer?

— Pas encore, répondit Androver, mais il nous reste un peu moins de sept heures pour penser à quelque chose. Viens, je vais te faire visiter le vaisseau, ça te donnera peut-être des idées.

— Bien pensé, ça passera le temps puisque, tu te l'imagines bien, je n'ai nullement sommeil.

CHAPITRE 12

Après avoir mis hors de service toutes les caméras de la cabine de pilotage, Androver fit visiter le vaisseau de fond en comble à Wulbeck. Après réflexion, celui-ci conclut que le *Sinkatis* n'était qu'un porte-aéronefs de l'espace, destiné à transporter un millier d'hommes. Malgré son énorme taille, Wulbeck fut étonné d'apprendre que ce vaisseau ne transportait qu'une vingtaine d'avions : quinze chasseurs et cinq bombardiers. Ces avions prenaient beaucoup de places; au moins le quart du vaisseau. La moitié de ce bâtiment de guerre était constituée de chambrettes pour l'équipage, de toilettes et de douches communautaires, d'une cafétéria, d'une cuisine, d'un énorme garde-manger et d'entrepôts pour les pièces et l'équipement. Donc, malgré le fait que ces gens pouvaient voyager à des distances incroyables en relativement peu de temps, il restait qu'ils devaient subir les contraintes de la vie quotidienne, c'est-à-dire manger, dormir, se laver, déféquer et, les installations pour toutes ces activités prenaient beaucoup de place. Contrairement à ce qu'il s'attendait, il n'y avait pas de machine pour télétransporter des gens à la surface de la planète, ni de machines spéciales qui, d'un simple pianotage sur un clavier, ferait apparaître, sous vos yeux, votre mets préféré comme il était habitué de le voir dans son émission de télé favorite : «Star Trek : The Next Generation». À l'intérieur, on ne retrouvait aucun luxe. Les corridors ne ressemblaient pas à ceux de l'*Entreprise* du capitaine Jean-Luc Picard, mais plutôt à ceux d'un vieux rafiot arpentant les mers. Le tout n'était que métal sombre et froid, ce qui donnait un air vraiment austère au vaisseau. Le reste du vaisseau fut la partie qui impressionna le plus Wulbeck. C'était ce que l'on aurait appelé sur un paquebot «la chambre des machines». C'était une grande salle où on retrouvait un tas de machines qui, aux yeux de Wulbeck, semblaient d'une bizarrerie complexe. En plein centre, il y avait deux tours d'environ dix mètres de haut et au bout de chacune trônaient deux gros cristaux qui émettaient une lumière rosée.

— À quoi servent ces deux cristaux? demanda Wulbeck.

— Ils fournissent l'énergie interne pour tout le vaisseau, expliqua Androver. Ceux de l'extérieur ne servent qu'à la propulsion. Grâce à ces cristaux internes, on obtient un champ magnétique qui court dans les parois du vaisseau, créant ainsi un champ gravitationnel qui élimine complètement l'effet d'apesanteur.

— C'est bien vrai! s'exclama Wulbeck. Je n'avais même pas remarqué. Nous sommes dans l'espace et nous marchons comme dans «Star Trek».

— Comme dans quoi? interrogea Androver.

— «Star Trek». C'est une émission qu'on regarde à la télévision et c'est l'histoire d'un vaisseau terrien du futur qui voyage de planète en planète. Cependant leur vaisseau, l'*Entreprise*, est de loin supérieur à celui-ci, fit Wulbeck d'un ton moqueur.

Androver se contenta de sourire en montrant du doigt une machine avec un énorme panneau couvrant presque la totalité du mur et dit :

— Voici le cerveau du *Sinkatis*, l'ordinateur le plus perfectionné que Mendosus et ses savants aient mis au point : le fameux Six-Six-Six.

— Sortons d'ici! Juste à y penser, cet ordinateur me donne la nausée. Donc, tu peux t'imaginer quel effet me fait sa vue. Allons, viens me montrer l'arsenal dont dispose ce vaisseau, que je le fasse sauter avec la moitié de la planète.

Androver suivit Wulbeck hors de la salle et l'amena dans un des entrepôts. Après avoir fouillé quelques minutes, ils se rendirent compte qu'il n'y avait pas grand-chose pour les aider.

— Il n'y a pas assez d'équipement ici pour faire sauter Avinia, fit Androver. Nous n'avons que des armes à feu et quelques bombes assez puissantes pour détruire le *Sinkatis*, sans plus.

— On s'arrangera avec ça, dit un Wulbeck déçu. Retournons à la cabine et pensons à un plan.

*

Nos deux voleurs étaient là, immobiles, incapables de penser à quoi que ce soit. Ils s'étaient creusés les méninges pendant deux heures et le seul plan qu'il leur était venu à l'esprit était de faire exploser le *Sinkatis* au même moment qu'ils tenteraient de s'échapper. C'était le plan A. Androver avait mis au point un petit dispositif rudimentaire qui transformait les engins explosifs en petites bombes à retardement. Donc, le plan était fort simple : faire sauter l'avant du vaisseau et sortir par l'arrière en espérant que l'explosion détourne l'attention des soldats qui les attendraient dehors. Cependant, ils devraient parlementer toute la journée et attendre la nuit avant de mettre leur plan à exécution. Toutefois, les deux amis ne s'étaient pas fait d'illusions et ils savaient fort bien qu'ils avaient de grosses chances d'être abattus avant même que le *Sinkatis* pète en plein visage de l'armée mendosienne.

Pour ce qui était du plan B... le hic c'est qu'ils n'avaient pu mettre au point cet autre plan. C'était le vide total. Rien. Aucune solution. Le gros problème était qu'ils n'avaient aucune place pour demander l'asile politique et ils ne pouvaient vraiment pas prendre le *Sinkatis* en otage *ad vitam æternam* et y établir domicile à tout jamais. Il restait deux heures avant le retour sur Avinia et ils étaient toujours là à réfléchir, sans vraiment trouver de solution à leur situation plus que délicate. Soudainement, ils se regardèrent, l'un se mit à rougir, l'autre à bleuir, et ils se mirent à ricaner comme deux jeunes écoliers un peu honteux d'avoir commis un mauvais coup et qui attendent anxieusement de recevoir une correction du terrifiant directeur d'école. Puis, les ricanements devinrent peu à peu des éclats de rire. Androver riait tellement qu'il se roula par terre en larmes. De son côté, Wulbeck était penché sur la console du pilote, la tête enfouie dans ses bras repliés, tel un enfant de la maternelle faisant sa sieste. Cependant, le sautillement de ses épaules trahissait le fou rire dont il était atteint.

Brusquement, une voix sortant des haut-parleurs stoppa à moitié leurs rires. Wulbeck leva la tête et vit sur le moniteur un militaire sûrement haut gradé. De son côté, Androver reconnut immédiatement le grand Prétorius. En écoutant le ton qu'il prenait, Wulbeck sut que ce type n'avait pas le goût de blaguer.

— Désolé l'ami, fit Wulbeck en ricanant encore quelque peu, je ne comprends rien de ce que vous me dites. Parlez-moi en anglais ou allez vous faire cuire un oeuf.

Cette dernière phrase eut un effet instantané sur Androver. Il éclata à nouveau de rire et Wulbeck l'accompagna aussitôt.

L'homme regarda Wulbeck se tordre de rire et dit d'un ton hésitant :

— Aunglay?

En entendant le mot «anglais» se faire massacrer ainsi, les deux larrons devinrent incontrôlables et se mirent à rire encore plus fort. D'un signe de la tête, Wulbeck répondit par l'affirmative. L'écran moniteur se tut.

— Qu'il est bête, il m'a fermé la ligne au nez, fit Wulbeck d'un ton moqueur.

— Joey, reprit Androver en chuchotant, à cause des micros, parlons seulement en anglais et à voix basse. Ils sont probablement allés chercher un interprète.

En attendant anxieusement des nouvelles d'Avinia, les deux hommes prirent leur mal en patience et perdirent leur envie de rigoler. Ils sentaient que leur odyssée tirait à sa fin et que, maintenant, le temps manquait.

Tout à coup, une secousse se fit sentir sur le vaisseau. Pour un moment Wulbeck pensa qu'on attaquait le *Sinkatis*.

— On entre dans l'atmosphère, dit Androver.

Wulbeck se dirigea vers le hublot avant, pour regarder le merveilleux spectacle de lumières que tout objet émet lorsqu'il pénètre l'aura gazeuse d'une planète. Une fois le spectacle terminé, Wulbeck resta figé devant le hublot à contempler la planète Avinia. Subitement, quelques points noirs captèrent son attention à l'horizon. Ils se rapprochaient de plus en plus vite et Wulbeck distinguait maintenant des avions de chasse.

— Pssit! regarde, on a de la compagnie, fit Wulbeck à l'adresse de son compagnon.

— Qu'est-ce qu'il y a? s'inquiéta Androver.

— On a une petite escorte d'oiseaux de proie, répondit Wulbeck.

— Il fallait s'y attendre.

Quelques minutes plus tard, une voix résonna de nouveau dans la cabine et cette fois, ce fut de l'anglais, mieux parlé.

— Traîtres au Royaume d'Avinia, comment osez-vous renier le roi Mendosus? En plus, vous osez cracher sur notre langue en refusant de l'utiliser. Si ça vous amuse, je vais donc vous parler en anglais, dit la voix d'un ton arrogant.

Cette voix, Wulbeck l'avait reconnue. C'était le colonel Melchinozer. Toujours sur le même ton, ce dernier continuait de parler :

— Qui êtes-vous et d'où venez-vous?

— Ce que nous sommes ne vous regarde pas, fit Wulbeck d'un ton encore plus arrogant.

— Pssit! Joey! coupa Androver, toujours à voix basse, demande-lui où il ramène le *Sinkatis*.

— Où allons-nous? demanda Wulbeck.

— Le *Sinkatis* retourne à la base d'Avin City, à moins que vous vous débrouilliez avec le triple six, le triple zéro, le triple six et le triple un, au plus vite.

— Joey! cria Androver. Coupe la communication.

Wulbeck s'exécuta immédiatement et demanda à Androver :

— Est-ce que le colonel...

— Chut! l'avertit Androver. Ne parle pas trop fort, il y a les micros...

— Est-ce que le colonel vient de nous donner le code d'accès à l'ordinateur? fit Wulbeck à l'oreille de son compagnon.

Androver fit signe que oui et dit :

— Nous serons de retour à la base dans vingt minutes. Il faut trouver un moyen de sortir de notre fâcheuse position. Au moins mon oncle nous a déniché le code. Si on se sort de ce merdier, on lui devra la vie, dit Androver.

— Pouvons-nous repartir sans nous faire descendre comme de vulgaires canards? demanda Wulbeck.

— En temps normal, le *Sinkatis* serait capable de venir à bout de tous ces avions, mais on manque de personnel. Si on tente de les attaquer ou de se sauver, on va effectivement se faire descendre, expliqua Androver.

— Est-ce qu'on va survoler le Jardin en retournant à la base?

Androver regarda les instruments sur la console et fit signe que oui.

— Alors, j'ai une idée, reprit Wulbeck. Est-ce que l'on peut s'éjecter de ce tombeau?

— Oui, la cabine de pilotage peut se détacher au complet. Ça ne servira pas à grand-chose, on va quand même nous cueillir au sol.

— Oui, mais si on s'éjectait juste avant de laisser tomber ce gros taon sur le Jardin, on aurait peut-être une chance de s'en sortir.

— Tu viens de me donner une excellente idée, s'écria Androver. Lorsque j'aurai repris le contrôle du *Sinkatis*, je vais transformer le champ magnétique entourant le vaisseau. De cette façon, on obtiendra un bouclier protecteur. Nous approchons du Jardin. Attache-toi, ça va barder!

Tel un grand virtuose, Androver pianota sur son clavier et une faible lumière bleu pâle entoura le vaisseau. Quelques secondes plus tard, Androver vit le *Sinkatis* piquer du nez et foncer tout droit vers le Jardin. Dans l'angle auquel voyageait le vaisseau, Wulbeck apercevait maintenant le Jardin par le grand hublot, à l'avant de la cabine. Une fois près du sol, le vaisseau se redressa à l'horizontale et une vision apocalyptique s'offrit aux yeux des milliers de gens entourant le Jardin. Le champ de force, presque invisible et entourant le vaisseau, commença à frapper les arbres qui plièrent, telles de simples brindilles. À grande vitesse, le vaisseau continua à survoler le Jardin en rase-mottes et les bâtiments s'effondrèrent tels de vulgaires châteaux de cartes. Même le jardin zoologique y passa.

Pour les pilotes de l'armée de Mendosus, vu de leur avion le *Sinkatis* ressemblait à une gigantesque tondeuse à gazon où de chaque côté sortaient des débris de toutes sortes et où à l'arrière on retrouvait des ruines en flammes au lieu d'un gazon fraîchement coupé.

De la cabine de pilotage, Wulbeck ne réalisait même pas la manœuvre destructrice qu'Androver était en train d'effectuer. Toutefois, il sentait que le *Sinkatis* branlait un peu, rien de plus. Cependant, il voyait au loin le gigantesque et magnifique palais royal de Mendosus. Wulbeck trouvait qu'on s'en approchait un peu trop rapidement lorsqu'il entendit un énorme bang qui lui perça les tympans. Androver venait de désengager le champ de force et d'éjecter la cabine. Disons plutôt qu'il avait demandé à l'ordinateur du bord de le faire pour lui parce que, s'il l'avait fait manuellement, le *Sinkatis* se serait écrasé avant même qu'Androver eût amorcé la manœuvre d'éjection. La cabine fut propulsée par une force inouïe qui cloua les deux hommes à leur siège. C'est dommage que nos deux compères ne purent assister à cette scène. Le tout se passa en quelques secondes. Pendant que la cabine montait dans le ciel, le *Sinkatis* continua sa glissade destructrice vers le palais et les bureaux gouvernementaux. Il se désintégra et frappa tous les édifices. Au même moment, les pilotes des avions de chasse, pris de panique, tirèrent des salves de rayons ioniques sur le *Sinkatis*, pensant peut-être qu'ils stopperaient ainsi sa course effrénée. Une explosion gigantesque se produisit et tous les avions montèrent vers le ciel pour échapper aux flammes.

Pendant ce temps, la cabine se déposa presque miraculeusement parmi les ruines du Jardin.

— Pas trop secoué? demanda Androver en détachant ses ceintures de sécurité.

— Non ça va, répondit simplement Wulbeck.

Les deux hommes quittèrent la cabine, comme s'il y avait le feu, et une fois dehors ils se retrouvèrent entourés d'une épaisse fumée qui les força à s'accroupir. Au loin, on pouvait entendre le bruit des sirènes, mêlé à quelques déflagrations. En relevant leur chandail, les deux hommes se couvrirent le visage et foncèrent droit devant, malgré le fait qu'on ne voyait pas à un mètre. Ils trébuchèrent maintes fois sur des débris et, au bout de quelques secondes, les deux compagnons s'étaient déjà perdus de vue.

CHAPITRE 13

Couvert de suie, Androver sortit le premier de l'épaisse fumée et chercha son copain. Comme la fumée le rattrapait, il se mit à courir de nouveau droit devant. Il arriva près d'un petit édifice gouvernemental et y trouva une jeep qui, miraculeusement, était toujours munie de sa clé de contact. Du regard, il chercha Wulbeck, mais ce fut en vain. Des soldats sortirent de la bâtisse adjacente et Androver n'eut pas d'autre choix que de déguerpir.

«J'espère que Joey s'en sortira. J'ai confiance en lui», pensa-t-il.

Inquiet, tout de même, Androver stoppa la jeep et tenta, une autre fois, de retrouver son ami du regard. Toutefois, les soldats qui couraient derrière la jeep le forcèrent à démarrer. Il roula vers l'unique point d'accès au Jardin et une fois loin des ruines, il put enfin réaliser l'étendue des dommages causés par l'écrasement du *Sinkatis*.

Il avait bien calculé sa manœuvre d'éjection, puisque le *Sinkatis*, s'était écrasé où il l'avait voulu, c'est-à-dire sur le palais royal. Il était fier de lui et lâcha un cri de joie, puis redémarra. Grâce à la confusion et à l'inconcevable va-et-vient des véhicules d'urgence aux alentours des ruines, Androver fut en mesure de sortir du Jardin sans que personne d'autre ne lui porte attention. Il revint chez lui et fut content de retrouver la maison intacte. Son oncle n'avait pas mis son plan à exécution, soit d'incendier sa maison pour simuler sa mort. C'était bon signe!

Il fut accueilli en héros par sa sœur et par quelques membres de la résistance. Les médias aviniens rapportaient déjà l'effroyable tragédie qui s'était abattue sur le Jardin d'Avin. Finalement, après s'être calmé, Androver ordonna à quelques hommes de partir à la recherche de Wulbeck. Puis, vidé d'énergie, n'en pouvant plus, Androver s'assoupit sur le lit.

Un membre de la résistance prit soin de faire disparaître la jeep.

*

Tout comme son ami, Wulbeck eut de la difficulté à sortir de l'épais rideau de fumée. Il avait les yeux en larmes et s'assit un instant pour reprendre son souffle. Après un moment, sa vision embrouillée disparut. Il essaya de retrouver l'endroit où s'était écrasé le *Sinkatis* mais la fumée était encore très dense et il était trop désorienté pour être en mesure de bien comprendre ce qui se passait autour de lui. Il ne voyait que des édifices en feu et en ruines à travers cette fumée. Au loin, il vit une jeep s'éloigner et comme la fumée épaisse s'approchait de plus en plus, il se mit à courir à pas de jogging vers un petit édifice qui ressemblait à une chapelle. Pendant tout ce temps, il scrutait les alentours à la recherche de son ami Androver. Lorsqu'il fut rendu à quinze mètres de la chapelle, Wulbeck vit un petit homme vêtu d'une robe rouge-orange flamboyante sortir de la bâtisse en riant aux éclats. Ce rire devint contagieux et Wulbeck lorsqu'il reconnut le gourou Birdania, se mit à rire tellement fort qu'il en avait mal aux joues. Après toutes les émotions qu'il venait de vivre, cela lui faisait un bien immense.

En s'aidant d'une longue branche d'arbre qu'il tenait dans sa main gauche, le gourou Birdania marcha vers Wulbeck et d'un coup sec, le vieux sage leva le bras droit en tenant les cinq doigts écartés. Ce geste coupa net le rire de Wulbeck et le plongea du même coup dans un état de torpeur étrange. Il était incapable de bouger. Il sentait un engourdissement constant à la base de la nuque ainsi que sur ses méninges. Le gourou brisa alors le silence et commença un discours quasi sermonneur :

— Tiens, tiens, voilà mon boxeur favori. As-tu aimé ce que tu as vu d'Avinia? Charmante planète, hein? Je crois que tu t'es rendu compte qu'habite ici le nouvel antéchrist qu'Édenia aura à affronter. Ça fait peur, hein? Qu'en dis-tu? Selon toi, qu'est-ce que va faire la grande et puissante armée américaine contre ce fou de Mendosus? Au lieu de vous battre pour du pétrole, il serait peut-être temps que les pays industrialisés aident les pays du tiers-monde plutôt que de les opresser continuellement. Sur ce point, je dois t'avouer que l'ensemble de vos pays industrialisés, les États-Unis en tête, ressemblent étrangement au régime de ce Mendosus. Pour venir à bout de Mendosus, arrêtez de sucer le sang de ces pauvres pays car vous aurez besoin d'eux dans votre lutte. Toutefois, même si tu annonces au monde entier la venue de l'antéchrist, je pense que toutes les différentes religions ainsi que toutes vos différentes idéologies stupides empêcheront l'homme de se rallier à temps. Cependant, le marasme économique et religieux dans lequel baigne Édenia n'est point de ta faute. La roue tourne depuis bien trop longtemps et...

— Pourquoi... moi? réussit à glisser faiblement Wulbeck.

— Pourquoi toi? Hum!... ta question me prouve que tu es plus intelligent que tu ne le laisses paraître, fit le gourou d'un ton sarcastique et il reprit d'un air plus sérieux :

— Pourquoi? Simplement à cause de ta destinée. Cette même destinée qui sera responsable de la venue de

Mendosus sur Terre. Sa venue est inévitable. Ce fut écrit et prédit depuis bien longtemps. Il sera le pire ennemi que l'humanité n'ait jamais connu. L'antéchrist a déjà commencé son œuvre par l'entremise d'informateurs et d'agitateurs puissants et efficaces placés stratégiquement chez les peuples primitivement religieux ou complètement athées. Ils influenceront et réuniront plusieurs nations du tiers-monde et causeront assez de problèmes sur la planète pour affaiblir les pays industrialisés. Leur séduction sera telle qu'ils émergeront comme des grands leaders et ils réuniront le plus de pays possible contre l'Occident. Ces leaders ne seront enfin que des pré-antéchrists, les précurseurs dont les guerres épuisantes frayeront la voie à Mendosus qui déclenchera la pire de toutes les guerres. La suprématie et la puissance de son armée seront telles que sa domination sera une farce. Au début, seulement les apostats seront épargnés, mais plus tard, ceux qui ne rendront pas hommage au dictateur athée seront anéantis. La voracité des persécutions religieuses mendosiennes sera sans précédent et la cruauté de Mendosus sera légendaire; il méritera ainsi son titre de «Grand Roy d'effrayeur» qui lui fut accordé par prophétie il y a déjà fort longtemps. De plus, avec votre petit numéro d'acrobatie, je dois t'avouer qu'Androver et toi venez justement de mettre le feu au cul de ce cher Mendosus en détruisant son Arbre...

— Pourquoi... moi?... balbutia de nouveau Wulbeck.

— Ah! Destinée, destinée, destinée... chère destinée, soupira le gourou de façon théâtrale. Puis il reprit de nouveau sérieusement :

— Mendosus envoie des gens sur Terre pour préparer son arrivée, et de notre côté, nous nous préparons à l'accueillir; c'est de bonne guerre. Ce que tu viens de vivre, tu ne pourras plus te le cacher. C'est une réalité un peu difficile à avaler, mais que pouvons-nous faire d'autre? À cause de cela, plus aucune autre activité mondaine et terrestre n'aura de sens pour toi. Tu auras le choix de te suicider ou de combattre. Malheureusement pour toi, tu opteras pour la deuxième solution. Ne te fais pas d'illusions, même sans mon intervention tu aurais choisi de combattre, c'est écrit. Tu feras partie d'un genre de mouvement de résistance qui accueillera le Messie, car il viendra, c'est écrit. Le Messie aura une tâche spécifique à accomplir dans les mondes éthériques et physiques, et vous devrez l'appuyer avec toute votre foi pour vaincre les forces du mal. Le Bien et le Mal, chefs suprêmes de la dualité, s'affrontent continuellement, sous le regard amusé du Tout-Puissant qui est au-delà de ce principe dualiste. N'oublie pas; rien ne se perd et rien ne se crée en ce monde. Chaque action est contrebalancée par une réaction. On recueille ce que l'on sème. Je te le répète; sois patient et ne te décourage jamais. Même si le Mal semble l'emporter, n'oublie pas qu'il devra répondre de ses actions à un moment donné; telles sont les lois du *karma*. Joey Wulbeck, mon Abbayaπ*, tu appartiens à la caste des guerriers; ne dévie surtout pas de ta destinée. Démontre du courage, de la foi, du leadership, et votre troupe connaîtra une grande victoire. Pour ce qui est d'Androver et compagnie, ne t'inquiète pas, ils sauront te retrouver. Avant de m'en aller, laisse-moi te dire que je me suis beaucoup amusé l'autre matin et tu seras content d'apprendre que mon ami, l'officier Bob, a oublié de signer ta contravention et que ton argent te sera remboursé à cause de ce petit vice de forme dans la loi. Oh! en passant, contrairement à Aliana, Raphaëlle n'est pas vraiment la fille qu'il te faut, termina le gourou en éclatant de rire.

Pris d'un fou rire incoercible, le gourou se retourna et s'éloigna tandis que Wulbeck, toujours incapable de bouger, regardait le vieux sage disparaître dans la fumée. Il sentit que

---

* En sanskrit: sans peur, courageux

135

sa vision lui jouait des tours. Il voyait la chapelle et tout ce qui était à l'horizon en train de pencher, comme si son corps figé était sur le point de tomber. Pourtant, il n'avait nullement la sensation de perdre l'équilibre mais plutôt qu'on faisait tournoyer l'écran d'un film sur son axe. Il était là, immobile, à regarder l'image tourner de plus en plus vite, jusqu'à ce qu'elle devienne l'œil d'un cyclone. Puis, Wulbeck sentit son corps léviter et se diriger lentement vers ce trou. D'un coup sec, il fut aspiré et ce fut le néant.

*

Lorsque le colonel Melchinozer apprit que son neveu était de retour sain et sauf à la maison, il y accourut d'un seul trait.

— Andro! Réveille-toi, fit le colonel tout excité.

Androver ouvrit les yeux de peine et de misère et sourit à la vue de son oncle et de sa sœur. Le colonel arbora un large sourire empreint d'affection et serra son neveu dans ses bras avant de dire :

— Mon neveu, félicitations!

— Ai-je fait beaucoup de dommages au palais? s'enquit Androver.

— Tu parles! Vous n'avez pas réussi à subtiliser le *Sinkatis* mais vous avez accompli des choses extraordinaires; en fonçant sur le palais, vous avez tué la moitié de l'état-major de Mendosus mais, malheureusement, celui-ci étant absent, il s'en est tiré indemne.

En entendant cette nouvelle, Androver lâcha un cri de joie.

— Attends! interrompit le général, ce n'est pas tout. Ce qu'il y a de plus incroyable, c'est que vous avez détruit l'Arbre de Vie!

—   Impossible! s'écria Androver en bondissant hors du lit. Mais l'Arbre de Vie est protégé par un champ de force, non?

—   Si, répondit le colonel, mais après que le *Sinkatis* eut frappé le palais gouvernemental, il arrêta sa course folle sur la coupole invisible entourant l'Arbre de Vie.

—   Donc, le champ de force n'a pas tenu, interrompit Androver.

—   Oui, oui, répondit le colonel, mais lorsqu'on enleva les débris par-dessus l'imperceptible voûte hémisphérique, on ne retrouva qu'un arbre à moitié calciné. J'imagine qu'il y a eu un problème avec les régulateurs de température en dessous de la coupole.

Androver lança un autre cri victorieux et s'interrompit net pour dire :

—   Joey, où est-il?

Le visage du colonel s'assombrit et il dit :

—   On est sans nouvelles de lui, on ne l'a pas encore retrouvé. En ce moment, nos agents parcourent les hôpitaux à sa recherche. Il est peut-être parmi les victimes, il y en a des centaines. Cependant, j'ai une autre bonne nouvelle : ils ont été incapables de t'identifier. Ton maquillage a été efficace.

—   Et toi, es-tu dans l'eau chaude pour avoir divulgué le code d'accès à l'ordinateur? s'inquiéta Androver.

—   Pas encore, fit le colonel. Par chance, le *Sinkatis* fut complètement détruit, il ne subsiste donc plus aucune preuve accablante contre nous. Avant qu'ils ne pensent à analyser ma conversation avec Wulbeck, nous aurons bien le temps de trafiquer l'enregistrement. Lorsqu'on m'a appelé pour faire la traduction, on m'a expliqué la situation et c'est à ce moment que j'ai fait connaissance avec le système d'autoguidage du *Sinkatis*. Auparavant, j'ignorais son existence. Avant de me rendre à la tour de contrôle, j'ai eu le temps de fouiller dans mon ordinateur et j'ai pu dénicher le code à temps. Savais-tu que ce système n'a pas été installé pour le protéger en cas de vol? C'était plutôt pour récupérer le vaisseau s'il y avait eu un problème grave quelconque sur le *Sinkatis*. Bon, je dois te quitter, on a un meeting d'urgence ce soir et les rumeurs courent que Mendosus lui-même va présider. Ça faisait longtemps qu'on ne l'avait vu celui-là. Votre écrasement vient de changer beaucoup de choses et j'ai le sentiment que nous allons interrompre complètement les activités de la résistance tant que nous ne serons pas sur Édenia. Nous n'avons plus le choix, Mendosus est un homme rusé et il vient de se rendre compte que la résistance n'est pas complètement disparue.

Lorsque le général eut quitté la pièce, Androver prit la main de sa sœur et dit :

— Ne t'inquiète pas, on va le retrouver ton Joey.

Aliana éclata en sanglots.

CHAPITRE 14

Au loin, Wulbeck entendit des voix et même s'il ne le réalisait pas encore, elles étaient en anglais. Tranquillement, mais sûrement, il commençait à reprendre conscience et une main sur son épaule le fit sursauter.

— Andro? demanda-t-il d'une voix faible.

— Hé! Apportez une civière, il est vivant. Hé! vous autres, cherchez un passager, il s'appellerait Andrew, cria la voix inconnue.

La voix de l'étranger résonna dans la tête de Wulbeck comme s'il se remettait d'une cuite. Il sentait une pression dans sa tête comme si elle pesait dix kilos de trop et, lorsqu'il ouvrit les yeux, il comprit pourquoi : il était assis, gisant sur son flanc droit, les côtes bien accotées sur une surface mi-dure et la tête balançant dans le vide. Dans le but de se débarrasser de sa position d'infortune, Wulbeck poussa sur son bras droit et vit qu'il était dans un espace clos, balayé par des faisceaux de lampes de poche. Quelqu'un lui empoigna le chandail et l'aida à se redresser. De plus en plus conscient, Wulbeck commençait à saisir la réalité autour de lui. Il était dans une voiture et celle-ci gisait sur le côté. Toujours attiré vers le bas, Wulbeck se cramponna au volant et un coup d'œil au tableau de bord lui fit réaliser qu'il était dans un endroit familier : sa voiture. Il tourna la tête vers le ciel et aperçut le visage souriant d'un sapeur-pompier.

— Rien de cassé? demanda le secouriste.

— Je ne le crois pas, fit Wulbeck en tentant de bouger son corps ankylosé.

— Aviez-vous un passager dans la voiture? demanda le secouriste.

Wulbeck répondit par la négative et le secouriste l'aida à sortir de son véhicule qui gisait du côté droit, dans un ravin. Wulbeck regarda sa voiture sport, maintenant devenue une perte totale, mais sourit tout de même à l'idée d'être revenu sain et sauf sur sa chère planète Terre. Revenu sur Terre? Mais l'avait-il même quittée? Pour le moment, Wulbeck en était convaincu. Le sapeur-pompier insista pour qu'il s'étende sur le sol jusqu'à l'arrivée de la civière, mais il refusa et, malgré les protestations du secouriste, grimpa l'abrupte pente menant à l'autoroute comme s'il n'avait subi aucun choc du terrible accident dont il avait été victime. Une fois en bordure de l'autoroute, Wulbeck reprit son souffle et examina la situation; il était bien sur Terre et sa voiture était bien démantibulée. Selon lui, il avait dû perdre le contrôle de sa voiture pour ainsi se retrouver au fond d'un ravin mais il savait fort bien qu'il n'avait jamais conduit jusque-là.

«Ça ne peut être qu'un autre tour de passe-passe du gourou», se dit-il avant de s'asseoir dans l'ambulance qui l'amena à l'hôpital pour observation.

— Où suis-je? demanda Wulbeck aux ambulanciers.

— Près de Glennfalls, sur la 87 Nord, répondit l'infirmier.

— Quel jour sommes-nous et quelle heure est-il?

— Jeudi, trois heures et quart du matin, pourquoi? fit le conducteur.

— Rien, ce n'est pas important, je suis seulement un peu perdu, répondit Wulbeck.

— Vous êtes seulement un peu sonné, je crois qu'il serait sage de vous emmener à l'hôpital pour quelques examens.

Wulbeck se contenta de sourire et pensa :

«Je suis peut-être en train de devenir fou, mais je ne suis pas sonné. Samedi dernier, j'étais à l'*ashram* et je n'ai jamais conduit ma voiture jusqu'ici. Si je compare les journées, le compte serait bon. J'ai passé quelques jours sur Avinia à me morfondre avant que je ne me décide à fuir cette planète. Mardi on s'est préparé et mercredi soir on se poussait avec le *Sinkatis*. Jeudi matin, vers huit heures, on était de retour au Jardin où l'on s'écrasait. Si je tiens compte des journées différentes en longueur, tout semble correspondre. De plus, je ne suis pas ankylosé, comme une personne ayant passé presque une semaine dans une voiture le serait.»

Après avoir fait passer une batterie de tests à Wulbeck, le médecin de garde lui donna son congé en l'informant qu'il avait été bien chanceux de s'en sortir indemne. Puis Wulbeck rencontra l'officier de police pour remplir un rapport d'accident. Il dit au policier qu'il avait quitté l'*ashram*, le mercredi soir, peu avant minuit, et qu'il devait s'être endormi au volant. Pour Wulbeck, le seul fait comique de son «supposé» accident était que le policier lui expliqua qu'il avait été repéré par un automobiliste qui s'était arrêté pour soulager sa vessie. Sans ce coup de dé, il aurait pu passer plusieurs heures, voire même plusieurs jours, avant d'être retrouvé, puisque sa voiture n'était point visible de la route.

«Ouais, c'est comme au cinéma, c'était arrangé avec le directeur, et justement, j'ai deux mots à lui dire», pensa Wulbeck.

Le policier conduisit Wulbeck au plus proche motel et ce dernier en profita pour se taper un bon douze heures de sommeil.

Une fois réveillé, il téléphona à ses parents et leur raconta son petit accident. Il fut content d'apprendre que ses parents ne s'étaient pas inquiétés outre mesure de son absence prolongée, le pensant encore à l'*ashram* ou chez des amis. Il les informa que Robbie était en sécurité à l'*ashram* et qu'il n'avait pas lieu de s'inquiéter. Puis il les avisa qu'il retournait à l'*ashram* et que son frère et lui seraient probablement de retour à la maison dans deux week-ends.

*

Après s'être acheté des vêtements et avoir loué une voiture, Wulbeck se rendit à l'*ashram* où Robbie fut agréablement surpris de le revoir; il le fut plus encore lorsque son frère aîné lui annonça qu'il passerait une autre semaine et demie à l'*ashram*. Il inscrivit Joey à la réception et tomba presque à la renverse lorsqu'une chambre privée fut allouée à son frère. Robbie avait été moins chanceux puisque tout l'été il avait fait partie d'une chambrée de douze personnes. Robbie continua ses tâches à la cuisine, tandis qu'aucun personnage officiel de l'*ashram* n'approcha Joey pour lui offrir du travail. Robbie trouvait que Joey avait changé depuis le week-end dernier; il était plus pensif, plus renfermé sur lui-même. À chaque fois qu'il lui demandait ce qu'il avait fait ces derniers jours, Joey répondait toujours la même chose, sans donner plus de détails:
— J'ai visité des amis.
Wulbeck passait la majeure partie de son temps dans sa chambre, ne sortant que pour le discours du gourou et la méditation. Dans la ligne du *darshan*, à chaque fois que Wulbeck tentait de parler au gourou, ce dernier l'ignorait ou, du revers de la main, l'invitait presque impoliment à s'enlever

de sa vue. Toute cette mise en scène éveillait de plus en plus la curiosité de Robbie et, un beau matin, ne pouvant plus supporter le comportement mystique de Joey, il demanda :

— Joey, que se passe-t-il ici? Samedi dernier, tu me disais que le yoga ne t'intéressait pas, puis tu disparais de l'*ashram* sans me dire bonjour pour revenir cinq jours plus tard en me disant que tout va bien, de ne pas m'en faire et que tu m'expliqueras plus tard. Je m'excuse mais tu es bizarre, le gourou est bizarre avec toi dans la ligne du *darshan*. Tu vas m'expliquer ce qui se passe ici. Qu'est-il arrivé samedi dernier? As-tu eu une expérience insolite pendant la méditation? As-tu vu des lumières? As-tu entendu des sons étranges?

Malgré le mutisme de son frère, Robbie tenta une nouvelle fois de lui tirer les vers du nez :

— Je ne sais plus quoi te dire. Il t'est sûrement arrivé quelque chose. Aurais-tu, par hasard, vu un saint pendant ta méditation?

— Oui, répondit Wulbeck laconiquement.

— Hein!? Qui? fit Robbie, surpris de voir son frère briser le silence.

— Sainte Raphaëlle! fit Wulbeck en éclatant de rire.

— Qui?

— Non, laisse tomber, je blaguais. Écoute, Robbie, tout va bien, ne t'inquiète pas. Tu as raison, il m'est arrivé quelque chose et je t'expliquerai plus tard. Crois-moi. Lorsque le moment sera venu, je te dirai tout. Pour l'instant, j'ai besoin de méditer sur tout ce qui est arrivé.

*

Comme tous les matins, Wulbeck fut réveillé par cette musique envahissante et omniprésente qu'était l'hymne au gourou. Pour Wulbeck, cette musique était à l'*ashram* ce que le clairon est à l'armée : un autre outil diabolique servant à réveiller. Cependant, Wulbeck se réveilla différemment ce matin-là. Il était angoissé, appréhensif et déçu à l'idée que c'était la dernière journée du gourou à l'*ashram*. Ce dernier retournait à son ashram en Inde pour la période automnale et Wulbeck n'avait toujours reçu aucune indication de la part de ce grand yogi. Dans son for intérieur, Wulbeck se savait chargé d'une mission future, mais par où devait-il commencer?

Après le déjeuner, en compagnie de Robbie, Wulbeck se dirigea dehors, en face de l'*ashram*, où tous les disciples attendaient fébrilement le départ du gourou en chantant des mantras à tue-tête. Une clameur soudaine mit fin au chant et le gourou sortit de l'*ashram* accompagné de sa horde de moines. Le gourou prit un bain de foule où il distribua généreusement les accolades et les poignées de mains. Bien malgré eux, Wulbeck et Robbie, coincés dans cette foule où tout le monde voulait approcher le gourou, se retrouvèrent, par la force des choses, nez à nez avec le grand maître. Ce dernier donna une chaleureuse accolade à Robbie en l'invitant à poursuivre sérieusement ses études et à ne jamais les négliger dans le yoga.

— Libère-toi matériellement avant de te libérer spirituellement, déclara le gourou avant de se retourner vers Wulbeck pour dire :

— Si tu veux connaître le chemin à suivre, parle à tes patrons.

«À mes patrons? À l'armée de l'air? Mais ils croiront que je suis fou!» pensa Wulbeck.

Cela dit, le gourou se dirigea vers la limousine qui l'attendait, ce qui marquait la fin des activités estivales à l'*ashram*.

Les deux frères retournèrent dans l'*ashram* et firent rapidement leurs valises. En marche vers le stationnement, Robbie demanda, tout surpris :

— Que fais-tu avec cette voiture louée? Où est la Mustang?

— J'attendais cette question, fit Wulbeck. La Mustang fait justement partie de l'histoire que je vais te raconter. Assieds-toi et ouvre grand tes oreilles.

Une fois sur la route, Robbie demanda :

— Eh bien! cette histoire, elle vient?

— Est-ce que tu crois que ton gourou est une sorte de dieu?

— Hum! «dieu» est un bien grand... titre. Disons que je crois qu'il est un saint, un homme qui a réalisé Dieu et qui a brisé le cycle des naissances et des morts. La philosophie de base de notre yoga est que nous sommes tous Dieu ou, si tu préfères, nous sommes une partie de Dieu qui s'est perdue en essayant de se retrouver à travers son grand jeu cosmique. Dieu réside en nous en tant que nous, et c'est à l'aide du yoga que l'on peut réaliser Dieu ou, si tu veux, comprendre le principe de Dieu ou le principe de la Création. C'est un principe difficile à saisir mais à force de pratiquer le yoga, on élève notre conscience et, petit à petit, on commence à expérimenter plus en profondeur le sens de ces mots, expliqua Robbie.

— Est-ce que le gourou possède des pouvoirs spéciaux?

— Euh!... c'est un Grand Maître. Si on suit ses enseignements, j'imagine qu'il peut nous aider à évoluer plus rapidement.

— C'est bien beau tout ça, mais est-ce qu'il possède des pouvoirs, comme les... les fakirs?

— Que veux-tu dire? Lévitation? Télépathie? Des pouvoirs comme cela?

— Oui, c'est ça.

— Je ne sais pas, j'imagine que oui, je n'en ai jamais entendu parler.

— Eh bien moi, j'en ai plus qu'entendu parler, je l'ai vécu car ton cher gourou m'a catapulté sur une autre planète pendant quelques jours; j'en ai même eu des sueurs froides.

Ces dernières paroles eurent l'effet d'une douche froide sur Robbie car il eut toutes les misères du monde à sortir ce mot :

— K... Ka... Kwâ... Quoi?!?

Comme Joey Wulbeck n'avait pas l'air de blaguer, Robbie l'écouta religieusement pendant tout le trajet et Wulbeck termina son exposé avec cette question :

— Et là le gourou veut que j'en parle à mes patrons : que dois-je faire?

— Si tu es sûr de ton histoire, j'imagine que tu dois écouter le gourou, fit Robbie sans trop savoir quoi répondre.

— Comment ça!? s'exclama Wulbeck, tout offensé. Est-ce que je suis sûr de mon histoire? Et comment! Je ne suis pas fou! Je n'ai jamais conduit ma Mustang dans ce grand fossé et je n'ai jamais passé cinq jours, sans eau et sans nourriture, dans cette voiture. Je me suis retrouvé sur Avinia, un point c'est tout!

— Excuse-moi, je ne voulais pas t'insulter. Calme-toi! C'est seulement que ton histoire est un peu dure à avaler.

— Mon propre frère ne me croit pas! Comment va réagir l'armée? se dit Wulbeck à voix haute.

— Je te crois, je te crois. Ce n'est pas ce que je voulais dire. C'est une histoire incroyable et je veux bien te croire mais il me faudra un peu de temps pour la digérer. Je ne savais pas que le gourou pouvait accomplir de telles choses.

— Ce n'est pas ce que le gourou peut accomplir qui me préoccupe mais plutôt le destin tragique que la Terre aura à subir très prochainement. Quel est mon rôle dans tout ça? Que dois-je faire? se demanda à nouveau Wulbeck en prenant la sortie pour Montpelier.

*

— Docteur, de quoi souffre-t-il? demanda le commandant de la base de l'armée de l'air de Plattsburgh, d'une voix inquiète.

— Il est un peu trop tôt pour donner un diagnostic mais après avoir discuté de son cas avec le psychiatre en chef de l'hôpital de Plattsburgh, il semblerait souffrir d'un délire d'imagination ou d'une schizophrénie paranoïde.

— Est-il dangereux? s'inquiéta le commandant.

— C'est à cause de ce détail de la sécurité internationale que j'ai dû briser mon secret professionnel. Comme plusieurs psychopathes, le lieutenant Wulbeck possède toutes ses facultés intellectuelles sauf pour cette obsession de grandeur, assaisonnée de mythe religieux, expliqua le médecin militaire. Comme moi, vous avez entendu l'enregistrement et vous pouvez vous rendre compte avec quels détails il a raconté son histoire. Il est tellement convaincu de son excursion sur une planète ennemie qu'il veut qu'on le soumette à un interrogatoire sous hypnose. C'est typique de ce genre de psychopathe.

— Mais que lui est-il arrivé? C'était un si bon pilote, ajouta le commandant comme s'il se parlait à voix haute.

— On peut présumer que la crise du golfe Persique a pu être un catalyseur pour sa maladie. Le fait de bombarder l'Irak et de tuer des gens aurait pu le troubler au point qu'il cherche une raison qui le détournerait d'un sentiment de culpabilité. Dans ce cas-là, empêcher la fin du monde en annonçant la venue d'un antéchrist est peut-être un moyen pour

Wulbeck d'oublier les actes qu'il a commis en tant que pilote de guerre. Mais ce que je viens de vous dire n'est qu'une théorie qui en vaut bien une autre. Il faut aussi tenir compte du fait qu'il vient de passer plusieurs jours dans un ravin à l'intérieur d'une voiture accidentée. Même si les examens médicaux ne le confirment pas, il est possible qu'une commotion cérébrale soit responsable de son état actuel.

— Que suggérez-vous? demanda le commandant.

— Pour mieux le comprendre, il faudrait le placer sous observation médicale, mais vous savez comme moi qu'il peut toujours refuser, indiqua le docteur.

— Je sais. S'il refuse, il devra donner sa démission ou nous l'expulserons de notre force. Vous voyez, docteur, s'il pique une crise avec un avion bourré d'armes nucléaires et qu'il décide de faire sauter quelques pays, je ne crois pas que le président serait content.

*

Wulbeck prit le contenant de pilules en plastique et le lança sur le mur en haussant un peu la voix :

— Vous croyez que je suis fou et...

— Non, ne vous énervez pas, intervint le docteur d'une voix douce. Nous pensons simplement que vous souffrez d'un traumatisme de l'après-guerre dû évidemment au stress et qu'un peu de repos vous fera du bien. Ces pilules vous aideront à vous relaxer.

D'un ton sec et décidé, Wulbeck lança :

— Je ne veux rien savoir de vos foutus barbituriques! Je ne suis pas cinglé et je veux me faire hypnotiser pour vous le prouver!

— Lieutenant, fit le commandant, d'un ton aussi sec, je vous ordonne d'écouter les recommandations du docteur.

— Je ne veux pas de pilules, je veux me faire hypnotiser.

— Avant de passer à cette étape, on devra peut-être vous examiner et si on ne trouve rien, alors là on vous hypnotisera.

— Il n'en est pas question. Si c'est comme ça, mettez-moi à la retraite pour une raison médicale. Vous avez l'enregistrement de mon histoire; eh bien, gardez-la dans vos classeurs, ou envoyez-la au Pentagone, ou torchez-vous avec... Moi, je m'en fous! Un jour, si jamais vous avez besoin de moi, vous saurez bien me trouver, fit Wulbeck en claquant la porte derrière lui.

CHAPITRE 15

Wulbeck vivait maintenant en permanence chez ses parents. Il s'ennuyait beaucoup de Robbie qui était à l'université. Cependant, Noël approchait et il le reverrait bientôt. Cela faisait déjà trois mois qu'il avait quitté l'armée de l'air, pour des raisons médicales et cela ne le dérangeait nullement. Il avait fait son devoir envers sa patrie en l'avertissant des dangers qui la menaçaient et celle-ci, pour le remercier, l'avait renié en lui donnant le titre presque officiel de «timbré».

Il avait passé la majeure partie de ce trimestre à lire un tas des prophéties reliées à la fin du monde sont l'Apocalypse de saint Jean :

Malheur à vous, la terre et la mer, car le diable est descendu vers vous, emporté de fureur, sachant que peu de temps lui reste.

Alors je vis monter de la terre une autre bête. Elle avait deux cornes comme un agneau, mais elle parlait comme un dragon.

Tout le pouvoir de la première bête, elle l'exerce sous son regard. Elle fait adorer par la terre et ses habitants la première bête dont la plaie mortelle a été guérie.

Elle accomplit de grands prodiges jusqu'à faire descendre du ciel, aux yeux de tous, un feu sur la terre.

Elle séduit les habitants de la terre par les prodiges qu'il lui est donné d'accomplir sous le regard de la bête. Elle les incite à dresser une image en l'honneur de la bête qui porte la blessure du glaive et qui a repris vie.

Il lui fut donné d'animer l'image de la bête, de sorte qu'elle ait même la parole et fasse mettre à mort quiconque n'adorerait pas l'image de la bête.

À tous, petits et grands, riches et pauvres, hommes libres et esclaves, elle impose une marque sur la main droite ou sur le front.

Et nul ne pourra acheter ou vendre, s'il ne porte la marque, le nom de la bête ou le chiffre de son nom. Celui qui a de l'intelligence, qu'il interprète le chiffre de la bête.

C'est le moment d'avoir du discernement : car c'est un chiffre d'homme : et son chiffre est six cent soixante-six.

Wulbeck sourit lorsqu'il lut que le diable en furie était pressé et se rappela cette phrase du gourou :

«... Androver et toi venez justement de mettre le feu au cul de ce cher Mendosus puisque vous avez détruit son Arbre de Vie.»

Dans les quatrains de Nostradamus, Wulbeck sursauta lorsqu'il vit «Mendosus» écrit noir sur blanc :

L'an mil neuf cent nonante neuf sept mois,
Du ciel viendra un Grand Roy d'effrayeur
Ressusciter le Grand Roy d'Angoulmois,
Avant après Mars regner par bonheur.»

«MENDOSUS tost viendra a son haut règne,
Mettant arrière un peu le Norlaris;
Le Rouge blesme le masle à l'interegne
La jeune crainte et frayeur Barbaris.»

«Tache de murdre enormes adulteres,
Grand ennemy de tout le genre humain :
Que sera pire qu'ayeuls, oncles ne peres,
En fer, feu, eau, sanguin et inhumain.»

«L'antechrist trois bien tost annichilez,
Vingt et sept ans sang durera sa guerre;
Les heretiques morts, captifs, exilez,
Sans corps humain eau rougie greler terre.»

Puis il eut de sombres pensées en constatant que le «Grand Roy d'effrayeur» arrivera du ciel en juillet mille neuf cent quatre-vingt-dix-neuf et qu'il commencera une guerre d'une durée de vingt-sept ans.

En plus de lire ces bouquins «de malheur», Wulbeck s'attarda sur les écrits de son gourou. Oui, le gourou Birdania était devenu le maître spirituel de Wulbeck et ce dernier portait un très grand respect au vieux sage. Wulbeck sentait que la lecture des livres du gourou lui dictait une philosophie qui le soutiendrait constamment dans sa future lutte contre l'envahisseur.

En ce matin du premier décembre, Wulbeck regarda sa correspondance où des compagnies aériennes répondaient aux demandes d'emploi de ce dernier. Parmi celles qui voulaient lui accorder une entrevue, Wulbeck porta son choix sur une petite compagnie de pilotes de brousse qui se spécialisait dans le transport de marchandises, dans le nord du Canada. Pourquoi aller vivre sous le froid aride du Grand Nord canadien? Il n'en savait rien mais il avait lu tellement de livres où l'on affirmait que l'Âge d'or de la planète commencerait dans le nord-est de l'Amérique du Nord qu'il décida de faire une visite à ce coin du globe. De toute manière, il ne savait guère par où commencer et, comme c'était écrit dans un des livres de son gourou :

«... Nous ne contrôlons pas notre vie... nous pensons la contrôler mais nous ne sommes que des pantins dirigés par les fils invisibles de nos liens karmiques... Encouragés par notre incompréhension des choses de la vie, nous créons constamment de nouveaux liens karmiques qui, sous forme de fils d'araignée, s'entrecroisent toujours davantage comme pour s'assurer que nous ne quittions jamais ce fabuleux cycle des naissances et des morts... Acceptez votre destin, c'est ce que Dieu a décidé pour vous... Nous devrions toujours remercier Dieu pour toutes les bonnes et mauvaises choses qui nous arrivent car la vie est une grande école où l'on nous montre la théorie pour nous extirper un jour de ce cycle qui n'est en fait que les conséquences de ce grand jeu de la dualité créé par Dieu...»

Sur cette pensée, Wulbeck regarda le ciel et eut un frisson à l'idée que son destin le placerait bientôt sur le chemin d'une grande confrontation entre le Bien et le Mal – les deux principaux protagonistes de ce grand théâtre cosmique mis en scène par Dieu.

Fin

À suivre
La suite de ce récit sera donnée dans *Le Grand Chaman*
Parution prochaine.